王者的求婚

鴇羽惡魔

2

希爾貝爾
——管理〈空隙庭園〉的
資料庫與安全系統的人工智慧。

『哎呀呀……你這個壞孩子～
要是姊姊我有實體，
就能鎮住你這條生猛的大蛇了。』
「你、你在摸哪裡啦！」
不夜城瑠璃
——深愛著彩禍與
哥哥無色的〈庭園〉魔術師。

鴇嶋喰良
——魔術師專用影片分享網站
「MagiTube」的當紅直播主。
「——魔女大人！
讓我們以無朽的女友之位為賭注，
一決勝負吧！」
紫苑寺曉星
——魔術師培育機構
〈影之樓閣〉的學園長。

「……什麼？」
久遠崎彩禍
——世界最強的魔女，
同時也是魔術師培育機構
〈空隙庭園〉的學園長。

「來吧……和本小姐一起
創造新〈世界〉吧？」

「別看我這樣，我可是很願意為男友付出的女人～」

CONTENTS

King Propose 2
crested ibis colors devil

王者的求婚 2

鴉羽惡魔

橘公司
Koushi Tachibana

Kadokawa Fantastic Novels

彩頁／內文插畫　つなこ

王者的求婚

鴇羽惡魔

King Propose 2
crested ibis colors devil

無論振奮或疲憊，

無論歡樂或低落，

無論開心或難過，

就算死了也愛你。

——所以，和本小姐在一起吧？

✧ 序章　直播主克拉拉

——耶比～～！又到了克拉拉頻道的時間～～

各位克寶，今天也準備好跟我一起暈頭轉向嗎～～？

好，那麼，今天直播的時間有點特別。哎，畢竟像本小姐這種身分的人總會遇到很多突發狀況嘛。

好的好的，感謝大家的留言。

——嗯？有人問為什麼要一直特寫臉部？啊～～被發現啦。

其實呢～～本小姐現在因為一些難以描述的原因，身上什麼都沒穿。要是把鏡頭拉遠就必須打馬賽克，甚至還來不及打馬賽克就被禁播了～～

嗯～～？你們不信啊？

看我的肩膀！沒穿對吧？

什麼？是不是穿無肩帶小可愛？

序章

直播主克拉拉

就說什麼都沒穿了。好吧，那我多露一點給你們看。

——好啦，就到這裡！這裡就是極限了！

應該……還不會被禁吧？

唔哇，超級留言有夠多，嚇死人了。

呃，不要鬧扯了，別讓我岔開話題。

趕緊進入今天的主題吧。

那就是，未來的夢想。

哎呀，身為年輕人，還是必須立定目標，勇往直前嘛。

……嗯？不要現在才裝認真？全裸說這種話一點說服力都沒有？快點玩上次沒玩完的遊戲？少囉嗦。偶爾聊聊這種話題又沒關係。

再說下去沒完沒了，直接公布「克拉拉的夢想」前三名吧～～！

第三名！頻道訂閱數持～續上升！

第二名！交到心愛的男朋友！

第一名則是——

✧第一章 【震驚】我成了空降女主角

「——黑衣，〈庭園〉遭遇了重大危機。」

「究竟發生什麼事了？」

「我倒映在窗戶上的身影太美，沒辦法移開視線。」

「這可麻煩了。可能要把玻璃窗或你的腦袋打破，才能解決這個問題？」

玖珂無色一本正經地說完，站在他身旁的黑髮黑眼少女瞇起眼，歪著頭回答。

烏丸黑衣。她是無色的——正確來說是這副身體的——侍從。

這話應該是在開玩笑，但她的表情、眼神和語氣都很嚴肅，莫名有股壓迫感。無色聽得臉上冷汗直流。

不過無色並不是在開玩笑或耍嘴皮子，他真的沒辦法控制自己。

兩人身處魔術師培育機構〈空隙庭園〉中央校舍頂樓的學園長室。

無色原本坐在最裡面的奢華辦公桌前，依照黑衣的指示批改公文……不經意望向窗戶，看見自己的倒影映在窗戶上。

披在肩上的暖陽色亮麗秀髮；連用黃金比例都不足以形容，如神一般端正的五官；還有中間那對讓見者無不傾心，充滿妖豔魅力的五彩眼眸。

沒錯，窗戶上的倒影並非男高中生玖珂無色，而是猶如女神的美少女。

無色一看見那倒影，心臟便彷彿被箭射穿，無法移開視線。啊，若要比喻，那就像——

「無所謂，反正你動作快一點就對了。」

然而，黑衣打斷無色的思緒，一把抓住他的頭，將他的頭轉回正前方。絹絲般的長髮劃出一道軌跡，微微搖晃。

那身影離開視線範圍後，無色才終於有辦法動。他深深嘆了口氣。

「抱歉，謝啦。一和窗戶上的自己對上眼，我的身體就不能動了……」

「你是梅杜莎嗎？」

黑衣無奈地說完，又放了一疊文件在辦公桌上。

「——別說了，接著處理這些文件吧。

我已經確認過內容，也簽好名了，最後還要經過魔力認證才能送回有關單位。但內在魔力的靈子排列因人而異，所以這道程序非得由彩禍大人的身體執行不可。」

說著指向文件底部。

那兒以流暢的字跡簽著「久遠崎彩禍」的名字。

是的——久遠崎彩禍。

她是這所〈空隙庭園〉的學園長，也是世界最強的魔術師。

這就是無色「現在的身分」。

大約一個月前，無色遇見瀕死的彩禍，與之「融合」。

最強魔術師之死一旦傳出去，將會對世界造成難以估計的影響。因此無色便以「彩禍」的身分留在這所學園生活。這些文書工作也是代替彩禍做的。

「呃——那麼我該怎麼認證？」

無色以彩禍的口吻問，黑衣指著那個簽名說：

「我用了魔力感應值高的特殊墨水，你只要輕輕撫摸簽名就行了。」

「嗯，這樣嗎？」

無色照她說的用拇指輕觸紙張，接著往旁邊一滑。

於是他所觸碰的文字隨即亮起五彩光芒，夢幻的景象令他睜大眼睛。

「噢，嚇我一跳。還真漂亮。」

「是的，每個人第一次見到時都會嚇到。」

「此外撫摸『久遠崎彩禍』這行字也讓我有點興奮。」

「不用突然告訴我這種超出人類理解範圍的性癖。」

黑衣瞪著無色說完，將他認證好的文件拿起來，指了指疊在下方的文件。

「不好意思數量有點多，這份也麻煩你。最近突然變很忙，累積了很多文件沒處理。」

「沒問題，交給我吧——不過我有點意外。從〈庭園〉的設備看來，我還以為這種文件也會用電子化的方式來處理。」

「我知道這樣很沒效率，所以希望盡快改為電子認證……不過還是有很多傳統派的魔術師堅持原來的方式。」

「跟『外面』一樣啊。」

無色聳肩說完，黑衣小聲碎唸了一句。

「他們都比彩禍大人年輕，卻不懂得變通，真傷腦筋。」

「哈哈——」

無色苦笑著完成一件又一件認證。

「——嗯？」

觸摸到不知第幾份文件時，無色微微皺起眉頭。

他不經意瀏覽文件，發現其中有個令人在意的字眼。

「交流戰……？這是什麼？」

「嗯，是我們與魔術師培育機構〈影之樓閣〉的交流戰。」

黑衣聞言，點頭應道。

無色聽完有些驚訝地接著詢問：

「除了〈庭園〉之外還有其他魔術師學校？」

「是的，畢竟世界各地都有滅亡因子，光是日本國內就有五所培育機構。我們會定期舉辦這類活動，好讓學生磨練技術、互相交流。」

「喔……」

仔細想想也有道理。無色摸了摸下巴表示理解。

這時他注意到文件上的另一項資訊。

「活動很快就要舉行了呢……就在後天是嗎？」

「是的。這份文件本來上個月就要回覆，卻因為『一些狀況』而耽擱——不過關於這個，文件只是形式，校方一直有在準備，不用擔心。」

「那就好——」

無色雙手抱胸回應黑衣。

於是，黑衣似乎對無色的反應有些誤解，面不改色地說：

「你大可放心，只有五名學生會被選為交流戰的代表。剛轉學進來的無色先生不會被選上。」

「呃，沒有啦，我才沒自大到會擔心這種事——」

無色說到一半停了下來。「代表」這個詞使他腦中閃過某人的身影。

「瑠璃有入選嗎？」

「那當然。全校前五名之中怎麼可能沒有不夜城騎士？」

黑衣點頭同意無色的話。

無色嘆了口氣讚嘆道：「不愧是瑠璃。」

不夜城瑠璃是無色的妹妹，也在〈庭園〉就學。雖是學生，卻也是〈庭園〉最高戰力〈騎士團〉的成員，堪稱天才。儘管達到這番成就的並非自己，聽到妹妹受人讚賞還是很開心，以身為她的哥哥為榮。

他想到這裡時微微歪起頭。

「……嗯？聽妳的口氣，代表好像還沒選出來？」

「是的。代表選手將於交流戰前夕，由〈庭園〉的管理ＡＩ選出。」

「好趕喔。這樣會不會來不及練習和準備？」

「滅亡因子出現時，魔術師未必每次都能以理想的隊伍應戰。身為魔術師必須適應當下的環境與狀況。」

「——有道理。」

滅亡因子確實不知何時會出現，也不知屆時會是什麼狀況。必須隨時保持戰戰兢兢的態度，不用特別準備也能上戰場。

「——不過，彩禍大人需要做的只有出席開幕儀式和觀賽，再來就是在賽後勉勵大家幾句。」

別說這個了——黑衣抽走無色手中的文件，改變話題。

「請繼續認證。不早點結束的話，就沒辦法進行『下個行程』。」

「呃，對，說得也是。」

無色順從地點點頭，撫摸剩下那些文件上的簽名。

之後不知過了多久，直到無色的拇指開始有些刺痛時，眼前那堆文件山才總算清光。

「——辛苦了，我會將文件送至各個負責單位。」

「好，麻煩妳了。」

無色微微抬手說完，整理完文件的黑衣整個人轉向無色。

「那麼，讓我們進行發動練習吧——可以開始『準備』了嗎？」

「嗯……喔，好的。」

聽見黑衣這麼說，無色有些緊張地點點頭。

他們要練習的是可謂現今魔術主流的顯現術式。

而所謂的「準備」，則是讓無色因興奮而導致精神混亂，使得魔力流出量急劇增加，進而讓他的身體變成「可受訓練的狀態」。

換言之，黑衣是在宣告接下來將用各種手段誘惑無色。

黑衣緩步走向他。

「…………唔。」

微微搖晃的頭髮、黑曜石般的雙眸、櫻色雙唇悄然靠近。無色原本對黑衣這些身體部位不甚在意，然而它們現在卻異常刺激著無色的腦袋。

「黑衣，妳到底要——」

「請不要動。」

黑衣說著伸手搭在無色肩上，將身體靠了過來。

「啊——」

她究竟要對我做什麼？無色腦中盤據著各種奇異的妄想，不禁屏住呼吸。

於是，黑衣順勢將唇貼近無色耳邊，發出魅惑的低語。

「——來吧，『無色』。又到了愉快的訓練時間，讓我好好疼愛你一番。」

她原本平靜無波的臉上浮現了些許愉悅的微笑——外型雖然沒有改變，卻好像變了一個人似的。

「…………！」

這段話震動鼓膜的瞬間，無色的腦袋便受到一陣有如電流般的衝擊，心臟一下子縮了起來，身體逐漸發熱。

接著他全身上下泛起微光——樣貌變得和剛才天差地別。

幾秒鐘後。

〈庭園〉學園長室的奢華座椅上，出現了一名少年。

他有著淺色頭髮、中性面容，就連身上的藍紫色制服也變成男用的。

對，「久遠崎彩禍」就這樣變成了「玖珂無色」。

——一個月前，無色和瀕死的彩禍合而為一，接收了她的身體和能力。

但這並不代表無色失去了自己的身體。

儘管他平常以彩禍的面貌示人，內部仍保存著自己的身體。只要處於強烈的興奮狀態，身體就會變回本來的模樣。

「你也太容易被擊垮了吧？」

黑衣全程觀察著無色的變化，瞇起眼睛這麼說。

她的表情和口吻都已變回原本那樣。

無色雙頰潮紅，嘟起嘴反駁道：

「……聽見『彩禍小姐』在耳邊低語，當然會有這種反應。」

是的，其實烏丸黑衣這個人並不存在。

她是瀕死的久遠崎彩禍事先準備好讓靈魂寄宿的緊急用義骸。

也就是說，現在出現在這裡的是同時具有無色和彩禍身體的無色，以及寄宿在黑衣身體裡的彩禍，兩人以非常複雜的狀態存在於世。

「……下次這麼做之前，可以先跟我說一聲嗎？我需要準備一下。」

「要做心理準備嗎？」

「錄音的準備。」

「你這個人還是沒變。」

黑衣不耐煩地瞇著眼回道。

「算了。更重要的是，時間不多，趕緊開始訓練吧——無色先生和彩禍大人的身體可謂休戚與共。若你死了，彩禍大人的身體也會跟著死亡。為防萬一，你必須具備最起碼的戰鬥能力。」

「是，這我知道——對了。」

「怎麼了？」

「妳不再用彩禍小姐的口吻說話了嗎……？」

無色依依不捨地說完，黑衣輕嘆口氣。

「和你身體的祕密一樣，我的祕密也不能讓人知道，因此還是小心為妙。」

「……說得……也是……」

「你也太沮喪了吧。」

黑衣無奈地說完，走向學園長室最裡面的一扇門前，伸手握住門把。

「可以的話真想在練武場練習，但是那邊太顯眼了。還是在彩禍大人的宅第前院練習就好。」

說著便將門打開。

映入眼簾的，是一個被美麗花圃和樹木環繞的空間。

當然，這裡是中央校舍頂樓，門外本來不該出現這樣的空間。這是利用魔術讓空間扭曲，連結至〈庭園〉內其他地方。

「無色先生，請跟我來。」

「好。」

無色簡短而清晰地應了一聲，跟在黑衣身後穿過那扇門。

他們來到坐落在〈庭園〉北部區域的久遠崎彩禍宅第前。

大門上有著精緻的雕刻，門前是鋪設整齊的道路。這塊空地本來不是為了打鬥而規劃的，但已寬敞得足以讓魔術初學者在此修練。

「好，那就開始吧——快發動第二顯現。」

黑衣站在道路上，催促著無色。

「——是。」

無色點點頭，開始集中精神。

「…………」

彷彿將自己身體的組成要素拆開來再重組的感覺。從雙腳到腹部，從頭部到胸部，通過肩膀到指尖。無色掃描全身，將所有力量集中在一點上。

「……唔、唔唔……」

然而他的右手上什麼都沒出現。

「……嗯。」

接著他聽見黑衣的嘆氣聲。

「真奇怪，你之前明明成功發動了第二顯現啊。」

「……抱歉，我當時渾然忘我，不知是怎麼做到的……」

聽見無色這麼說，黑衣摸著下巴「嗯」了一聲。

「看來——應該是因為當時處在極限狀態，才能超常發揮吧。這是常有的事，畢竟魔力本來就會隨著精神狀態起伏。」

「不過——」黑衣瞇起眼睛。

「你好歹擁有彩禍大人的身體，這樣可不行。唯有能穩定發揮實力的人，才稱得上魔術師。」

「……是。」

無色一臉順從地點頭，黑衣再度輕嘆口氣。

「但若叫你做，你就能做到，就不需要〈庭園〉這種機構了。讓我來徹底訓練你一番——準備好了嗎？」

「是，就算要我犧牲性命也在所不惜……！」

聽見無色熱血地回答，黑衣微微聳肩。

「我明白你的決心，但這可不行。這樣會害彩禍大人也死掉。」

「啊……對、對不起，我不是這個意思。」

「我知道，我不是要質疑你的熱情。」

黑衣點頭說完，豎起食指。

「正如剛才說的，你已經成功發動過一次第二顯現，亦即你已經具備發動魔術的必要條件。」

「聽好了——」黑衣接著說：

「你用顯現術式創造出的顯現體，其實就是『你自己』。

第一顯現〈現象〉僅能呈現出你體內存在的魔術效果。

第二顯現〈物質〉則能讓該魔術效果固定為物質。

顯現階段往上提升，就好像將『自己』的範圍向外擴張一樣。

——你想著這個概念，再試一次看看。」

「是。」

無色點了頭，再度讓意識集中在右手上。

「唔唔、唔……」

……然而，他手中還是未出現任何東西。

黑衣深深嘆了口氣。

「也是。要是提點你幾句，你就能開竅，那就不需要我費心了。之後就腳踏實地反覆練習吧。」

「是……抱歉。」

無色歉疚地說完，黑衣像是想到什麼似的動了動眉毛。

「再來——我知道了，雖然有點投機，我這邊也準備一點糖果吧。」

「糖果……嗎？」

「對，就是獎勵。這樣或許能讓你拿出些幹勁來。

比方說……若你成功發動第二顯現，我就回答你一個問題，任何問題都行——你覺得怎麼樣？」

「啊，成功了。」

黑衣話才剛說完。

無色右手中就出現一把宛如玻璃般透明的劍，頭上也出現形似王冠的兩片界紋。

「…………什麼？」

黑衣看到後目瞪口呆。無色很少看見她露出這種表情，覺得自己手中沒有相機真可惜。

黑衣目不轉睛地打量了一下無色的劍後，不解地雙手抱胸。

「……姑且問一下，你應該不是故意的吧？」

「怎麼可能？我不可能對妳說謊。」

「……嗯，我想也是。」

黑衣點頭表示理解，但臉上仍是一副難以接受的表情。

「對了，黑衣。」

「什麼事？」

「妳說我可以問任何問題，真的任何問題都行嗎？」

「原來如此。看來你滿腦子只想著領獎勵。」

黑衣已經不只傻眼，甚至有些佩服地說完，嘆了口氣調整心情。

「好吧，不管過程如何，你的確成功發動了第二顯現——將這股神祕力量握在手中的感覺如何？搞清楚這把劍是怎樣的東西了嗎？」

「彩禍小姐喜歡的類型……？不，想要收到的禮物……？機會難得，我可得好好思考才行……」

「聽人講話。」

見無色認真思索，黑衣蹙眉責備道。

就在這一刻。

黑衣的衣服口袋裡傳來輕快聲響。

「哦——」

那似乎是訊息通知。黑衣從口袋中拿出手機，對著畫面點了幾下。

「嗯……抱歉，我有急事，今天就練到這邊吧。」

「咦──」

無色聞言不禁倒抽口氣，第二顯現和界紋也在同時倏地消失。

「獎勵依然算數，不要露出那種表情。」

看到無色那過於絕望的表情，黑衣一臉傻眼地說。

「不過，這段時間可不能浪費。我不在的時候請你自習。」

「當然沒問題──但具體來說我該怎麼做？」

「上課用的平板電腦安裝了基礎魔術的教學文章吧，請按照那些文章反覆練習。還有，這個嘛──」

黑衣用食指抵著下巴，一邊思索一邊說道：

「以我的立場不太鼓勵這種事，不過聽說最近有很多學生會參考MagiTube的影片。」

「MagiTube？」

無色聽見這個陌生的詞，不由得歪起頭。黑衣點點頭後接著說：

「說起來，最近一直忙東忙西，還沒向你介紹我們常用的應用程式──你有帶智慧型手機嗎？」

「咦？喔，有啊。」

無色點點頭，從一旁的包包中拿出手機。這不是無色原來的手機，而是確定轉入〈庭園〉後拿到的。

他平常都放在口袋，但擔心訓練中會礙手礙腳，便收進包包裡。

「應用程式一覽中有MagiTube的圖示對吧？〈庭園〉發放的行動裝置都會安裝這個程式。」

「——啊，有了。原來還有這種程式……」

無色這才意識到自己沒有仔細看過手機內容，頂多只用過相機而已。

他點了一下那個「M」字圖形，程式畫面隨即從圖示處向外展開。

畫面上方出現「MagiTube」的圖示和搜尋欄，下方是一排排類似影片縮圖的圖片。

「感覺好像影片分享網站。」

「沒錯，MagiTube——正是魔術師專用的影片分享網站。」

「魔術師……專用？」

無色說完，黑衣將頭探了過來，望向他的手機畫面。無色有股心跳加速的感覺，但說出口的話黑衣肯定會立刻退開，因此他決定保持沉默。

「是的。如你所知，魔術師是機密般的存在。我們不能大刺刺地談論魔術或滅亡因子——不過在這個資訊化社會，若只用口頭或書面交流資訊，可就太落伍了。」

「因此——」黑衣指了指畫面。

「便有人創設了只有魔術師才能使用的網路服務。功能和『外面』的影片分享網站大致相同，不過可以上傳關於機密事項的影片，或寫下相關留言——不用擔心安全性的問題，因為該營運公司的主要成員都是魔術師。」

「哇～～……」

無色滑著畫面讚嘆了一聲。

從影片縮圖中確實可以看見一些張狂使用魔術的人，或是疑似滅亡因子的怪物。其中包含許多講解魔術歷史、原理和有效練習方法的影片。

這時無色才明白黑衣剛才那段話的意思。這些雖然不是官方產物，但透過影片來學習更直覺易懂。

順帶一提，無色對「只用咒語式魔術就打倒了滅亡因子」這支影片感到非常好奇……到底是怎麼做的？

「找出適合自己的方法也是修練的一環。有興趣的話就試試看吧。」

「是，我知道了。」

黑衣聽見無色的回答，深深點頭後抬起頭說：「好。」

「——那麼跟我來，我送你去中央區域。」

「啊，好的。」

無色跟著黑衣走在前院的道路上，黑衣忽然想起什麼似的停下腳步。

「對了，無色先生，你手機裡應該有『Connect』這個應用程式吧？」

「咦？——有、有啊，怎麼了？」

「那是所謂的ＳＮＳ（社群平台），交換ＩＤ的人就能互傳訊息、貼圖和通話。當然也可以在這裡談論魔術相關的話題。」

「喔，原來如此……不過真教人意外，我還以為魔術師會用更特別的方法溝通呢。」

「用這個遠比用水晶球或心電感應更有效率。當然，我們談論特殊話題時還是會用那些方法，但日常對話用機器就可以了，不需要特地消耗魔力。」

「嗯，說得也是。」

無色感覺自己以前好像和黑衣有過類似的對話。他低吟著皺起眉頭。

「所以，這個應用程式怎麼了嗎？」

「我們來交換ＩＤ吧。我今後可能沒辦法像之前那樣隨時陪在你身邊。」

「——咦！」

這意料之外的話讓無色驚訝得破音。

「怎麼了？有什麼問題嗎？」

「不，沒事。可是……真、真的可以嗎？」

「我們之後可能會經常分頭行動，多一些聯絡手段比較保險。」

「也、也是啦，那就失禮了……」

無色用微微顫抖的手操作智慧型手機，打開黑衣說的應用程式，掃描黑衣手機畫面上的QR Code。

一聲輕快音效傳來，畫面上出現「烏丸黑衣」的ＩＤ。

同時出現「加入好友」的按鈕。

「咿……！」

「請別發出這種奇怪的聲音。你是怎麼搞的？」

「沒事……只是事出突然，被嚇到了而已。就讓我們先從朋友做起吧。」

「別說成這樣。」

黑衣瞇著眼說道。

無色五味雜陳地按下「加入好友」。

「我、我的手機裡……出現了彩禍小姐的資訊……」

不知不覺間，一道熱流從眼眶滑至臉頰。無色將手機抱在胸前。

「我已經……沒有……遺憾了……」

「你的人生成就也太容易達成了吧？」

黑衣嘆著氣說完，將手機收進口袋。

◇

——和無色分開後過了十分鐘。

「……………」

黑衣站得直挺挺，搭乘〈庭園〉總圖書館的電梯。

電梯裡只有她一個人，但她還是毫不鬆懈地扮演著「烏丸黑衣」。畢竟人的意識死角總是潛藏著破綻，一旦掉以輕心或過度自信就會讓破綻變大。

「黑衣」只會在知情的無色面前恢復「彩禍」的身分。她認為在其他地方必須徹底戴上「黑衣」的面具。

不過若在無色面前說這種話，無色又要露出感動萬分的表情，所以黑衣從未告訴過他。

想著想著，電梯便抵達目的樓層。輕快的聲音響起，電梯門緩緩打開。

螢幕上顯示的是地下二十樓。這裡是〈庭園〉總圖書館的最底層，沒拿到特別許可的人無法進入——不，甚至連這個地方都不知道。

這裡通稱封印區域，危險物質或生物被封印後存放在這裡。

黑衣盡量不晃動裙襬，靜靜地往前走，穿過昏暗的走廊，來到一個開闊的空間。

牆上滿是密密麻麻的魔術文字，還有一道厚重的金屬製大門。看起來不像圖書館中的空間，反倒像執行某種儀式的祭壇或者銀行的大型金庫。

「——讓您久等了，艾爾露卡騎士。」

黑衣喚著先到場的那個人，恭敬地行了一禮。

「嗯？」

那名魔術師聽見黑衣呼喚自己的聲音，一臉訝異地回頭。

她是個身材嬌小的少女，身穿內衣褲般單薄的衣物，外頭罩著長版白袍。蓬鬆細軟的髮絲用圖案特殊的髮飾綁了起來。

她怎麼看都不到十五歲，總之不像可以踏入這種重要區域的年紀。

不過對魔術師來說，外觀年齡並不具備實質意義。她其實是〈庭園〉內僅次於彩禍的資深成員。

艾爾露卡．弗烈拉。她既是〈庭園〉醫療部的負責人，也是〈騎士團〉的一員。

「記得妳是——黑衣對吧？我找的明明是彩禍……」

「是，但彩禍大人過於忙碌，便命令我代為前來。」

黑衣簡短回答。帶著變身成彩禍的無色一起過來並不麻煩，但在這個封印區域裡存放著一些光是看見，精神就會受到打擊的東西。黑衣還不知道艾爾露卡找自己過來做什麼，因此判斷讓無色一起過來風險太高。

「嗯……」

艾爾露卡從上到下仔細打量黑衣，最後嘆了口氣。

「好吧。既然彩禍允許妳進到『這裡』，就代表妳有這個本事。只要妳能把事情轉達給彩禍就好，我沒有意見。」

「謝謝您。」

黑衣垂下視線，謙恭地行禮。

艾爾露卡雖是〈庭園〉元老魔術師中的元老，不過度量很大，對於這種事很懂得變通。反過來說，艾爾露卡若非這種個性，也很難在這數百年之間一直和彩禍維持朋友關係。

「那麼艾爾露卡騎士，您有什麼事呢？」

「嗯——妳既然受彩禍所託，應該知道『這裡』是個怎樣的地方吧？」

「是的。」

黑衣回答完，艾爾露卡微微頷首，輕觸設置在牆邊類似控制器的東西。

接著畫面上出現幾行文字，喇叭中傳來少女的聲音。

『——是，請問是哪位？』

「艾爾露卡。『姊姊』，我想調閱保管物O－08。」

艾爾露卡以奇特的方式稱呼對方。

不過話筒另一端並非艾爾露卡的親姊姊。會這麼稱呼是因為「這裡」的管理員有一些古怪的習慣。

『喔，是艾爾啊，辛苦了。保管物O－08是最嚴密的封印之物，調閱出來可能會有危險喔，沒關係嗎？』

「沒關係。」

『好的～～』

這道聲音響起的同時，牆上刻的文字也泛起光芒，房間深處的金屬製大門緩緩打開。

「O－08——」

黑衣見狀微微蹙眉。

她當然記得這個管理號碼。O－08是這片地下封印區域中「最危險」的保管物之一。艾爾露卡究竟為什麼要調閱那種東西——

「——什麼？」

門後出現一顆巨大的透明封印水晶——那是用魔術精煉過，用以封印魔導物質的人工礦物。

問題在於裡頭封印的東西。

和艾爾露卡的身高差不多的巨大心臟。

那顆心臟微微跳動著。

「〈銜尾蛇〉的心臟動起來了……？」

黑衣聲音顫抖著說完，艾爾露卡雙手環胸點了點頭。

「沒錯。滅亡因子〇〇八號：〈銜尾蛇〉——彩禍過去打倒的十二種神話級(Mythologia)滅亡因子之一。」

——滅亡因子。

每三百個小時出現一次，「能夠摧毀世界的存在」的統稱。

依危險程度可以分成災害級、戰爭級、毀滅級、幻想級，通常會由不同等級的魔術師來應付。

然而，過去五百年間出現過十二例特殊的滅亡因子，危險性遠超越最高的幻想級。

那就是神話級滅亡因子。

那宛如傳說般的敵人，唯有久遠崎彩禍才有辦法打倒。

封印在此的是其中之一的〈銜尾蛇〉，而且只有一部分。

「……彩禍已打倒〈銜尾蛇〉，之所以會像這樣保存它的身體，是因為它擁有『不死』

的能力。」

艾爾露卡望著不斷微微跳動的〈銜尾蛇〉的心臟，向黑衣說明。

她不確定黑衣從彩禍那裡聽說了多少事，所以好心解釋了一下。黑衣明白她的用意，點了點頭。

「……是，我聽說過。那是唯一一種連彩禍大人的術式都無法『徹底消滅』的怪物。為了防止其肉體再生，便將它的身體切成二十四塊封印起來，存放在世界各地。」

「沒錯。然而它那長年處於假死狀態的『心臟』卻像這樣跳動起來。我不清楚這是怎麼回事——但可以確定絕對不尋常。」

「…………」

黑衣聽見艾爾露卡這麼說，咬了下唇。

她大概知道原因是什麼。

是的——正是因為彩禍之死。

久遠崎彩禍在距今一個月前重傷瀕死，與偶然路過的玖珂無色合而為一。

無色寄宿在具備彩禍術式的肉體中，彩禍的靈魂則寄宿在這個名為黑衣的人造人義骸(Homunculus)之中。

換言之，如今世上已沒有具備完整肉體與靈魂的「久遠崎彩禍」。

以彩禍之力實施的封印出問題也是在所難免。

「——我已明白事情原委，這就去請示彩禍大人，請她再度將其封印，並請其他封印地點確認狀況。」

「好，麻煩妳了。」

「……是。要是這個滅亡因子以完全型態甦醒，我們可就束手無策了。」

聽見黑衣喃喃自語，艾爾露卡疑惑地歪過頭。

「……？妳這話真奇怪。這個滅亡因子確實會構成極大威脅，但彩禍畢竟打敗過它，不是嗎？」

「…………也對。不過彩禍大人的身手最近退步了些。」

黑衣不能告訴她真相，但又不希望她認為「情況再怎麼糟還有彩禍在」，想了想之後選了個折衷的辦法，半開玩笑地這麼說。

艾爾露卡聞言，笑著聳了聳肩。

「喔，這樣啊，那的確很不妙——但無論如何我們都必須謹慎以對。」

「……是，您說得沒錯。」

黑衣遮掩著臉頰上的冷汗，點了頭。

◇

和黑衣分開後過了一會。

無色坐在中央校舍後方的長椅上，盯著魔術師專用影片分享網站「MagiTube」的畫面。

他打算按照黑衣的建議利用影片學習魔術，因此想先熟悉一下這個網站的介面和風格。

「嗯……」

這網站乍看和一般的影片分享網站沒有兩樣。畫面上整齊排列著影片縮圖，並附上各自的標題、長度和觀看次數。

他想找些影片來看，便從選單中點開熱門排行榜。影片依序從第一名往下排列。

「嗯？」

這時他發現一件事。

當週排行榜第一至三名的影片，竟然都是由同一個人上傳的。

「克拉拉頻道……」

這個頻道似乎很受歡迎，連在創作者排行榜中都名列第一，而且和第二名有著顯著的差距，其中甚至有幾支影片觀看次數超過一百萬。無色不知道世上有多少魔術師，但在觀眾有限的情況下還能達到這個數字，真是驚人。

黑衣說有很多學生會透過影片來輔助學習。這個創作者既然獲得這麼多人支持，想必是因為解說簡單易懂，或者提供了新穎的練習方式吧。無色滿懷期待地點開第一名的影片。

『——耶比～～！又到了克拉拉頻道的時間～～各位克寶，今天也準備好跟我一起暈頭轉向嗎～～？』

影片開始播放，鏡頭前的少女以輕快而輕浮的語氣向觀眾打招呼。

她戴著口罩，耳朵上有許多耳環和耳骨夾，打扮十分華麗。本人的名字似乎和頻道名一樣叫「克拉拉」。她誇張地比手畫腳，對著鏡頭說話。

『大家聽我說～～本小姐之前看了一般的影片分享網站，「外面」的，誰都能看的那種。結果看到「用史萊姆泡澡」的影片。

本小姐嚇得點開一看，結果看到創作者只是在浴缸裡裝滿黏糊糊的玩具，然後跳進裡面哇哇大叫。

——我想說不對，等一下，少騙了，這哪是史萊姆？』

這時鏡頭切換到另一個場景。

『所以呢，本小姐拜託專攻煉金術的前輩幫我做了一鍋出來——這才是貨真價實的真．史萊姆浴！』

克拉拉說著指向後方的浴缸。

——裡頭裝滿凝膠狀的「某種東西」，不斷蠢動。

那顯然不是尋常可見的物質。水面的漣漪不像自然現象，反倒像渴求食物的無脊椎動物蠕動著。仔細一聽，還可聽到尖銳的叫聲。

『咻……不愧是真貨，氣場果然不一樣。力量太強的話會被認定為滅亡因子，所以我請前輩把力量調弱了些～～……』

克拉拉臉上流著冷汗，卻勾起了嘴角。

『可是！本小姐才不會因為這樣就害怕咧！

——嗚喔喔喔喔喔！這才是真正的「用史萊姆泡澡」影片～～～！』

她幹勁十足地大吼完，便跳進裝滿史萊姆的浴缸中。

嘩啦一聲，那些凝膠狀的物質激烈震盪，溢出浴缸。然而一滴都沒有落在地板上，再度縮回浴缸之中。

接著從四面八方逐漸包覆住侵入浴缸的異物——克拉拉的身體。

『嗚喔……！噗呵——噗嚕嚕嚕嚕……！』

克拉拉發出哀號，不斷掙扎。她的手腳在浴缸中忽隱忽現。

『…………』

最後連哀號聲也消失，只剩一陣沉默。

不過——

『——噗哈～～！』

就在無色開始為她擔心時，渾身黏糊糊的克拉拉從浴缸中浮了上來。

『呼……呼……！有、有點不妙呢……已經不覺得痛苦，反倒有種安詳的感覺……三途川的水有這麼黏稠嗎？

但、但我還是征服了真·史萊姆浴。厲害吧？這就是魔術師的氣魄——』

克拉拉得意洋洋地說到一半，身上的衣服像被燒爛一樣開始崩落。

『嗚啊啊啊——？人家要被腐蝕了～～～～！』

克拉拉尖叫著揮動手腳。每動一下，她的白皙肌膚就裸露得越多。

順帶一提，這時畫面上出現一句警語：『※本影片使用的史萊姆僅會腐蝕衣物』……雖然搞不太懂，看來魔術師專用影片分享網站也有自己的規範。

之後畫面轉暗了一會，只見克拉拉從浴缸中逃了出來，肩膀上下起伏，大口喘氣。她身上穿的衣服被腐蝕殆盡，露出應該是事先穿在裡面的泳衣。

『呼、呼……好險。要是本小姐沒有碰巧穿著抗腐蝕泳衣，影片又要上馬賽克了。

——所以，大家嘗試真·史萊姆浴的時候，也要注意衣服材質喔，尤其是內褲。我是說真的，一不小心前後都會被侵門踏戶。男生也是！你們也有洞嘛！

這支影片就到這邊，我們下次見！』

——影片到此結束。

「…………」

無色一臉困惑，以手扶額。

……呃，這確實是只有魔術師才能拍出的影片。畢竟無色從未在「外面」看過那樣的生物。

然而不管等了多久，影片中都未出現無色想看的魔術使用或學習方法。

「呃……這到底……」

「————嗚啊啊啊啊啊啊啊啊啊啊啊啊啊啊！」

這時——

「……！」

克拉拉的聲音突然響起，無色不由得睜大眼睛。

難道影片還在播嗎？無色連忙看向手機，但畫面上只顯示著其他推薦影片，剛才那支影片真的已經結束。

可是那聲音明明就是——

「咦……？」

無色不禁倒抽口氣。

然而，會有這樣的反應很正常。

因為高空中——突然掉下來一個人。

「嗚——、唔～～～……？」

無色連忙伸出雙手，試圖接住那個人。

下一秒，沉甸甸的重量便落在無色的手臂、肩膀和腰上。

儘管對方個頭不大，因為重力加速度，無色仍感受到一陣超乎想像的衝擊。他勉強接住了那個人，自己卻因而動彈不得。

……要是沒接受過〈庭園〉實戰課的基礎訓練，恐怕就要被壓扁了。一想到此，便覺得現在的狀況還算好的。

「哎呀呀……失敗了——呃。」

墜落的那個人眨了眨眼，這才理解自己的狀況，瞪大眼睛。

「嗚哇啊啊啊！公主抱～～！真的假的～～！竟然有這種事～～！」

她不知為何興奮到雙眼發亮，雙腳亂踢。

每動一下，無色已經快要不行的腰和手腳肌腱就發出沉重哀號。

「呃……那個……妳先……下去……」

直到無色滿頭大汗地呻吟，少女才淡淡地說「啊，抱歉」，站回地面。

「呼……呼……唔——」

壓在身上的重擔消失之後，無色不自然僵住的身體總算能動了，一個踉蹌跌坐在地。

從天而降的少女擔心地探頭望著他。

「呃～～……你還好嗎，大哥？」

「還、還好……沒事。妳呢……有沒有受傷？」

「沒事！託你的福，我還活蹦亂跳的！」

少女以誇張的語氣說完，立正行了個禮。無色聞言鬆了口氣，微微苦笑。

「……嗯？」

這時無色的眉毛顫了一下。

剛才他拚命撐住少女，沒能看清楚她的臉，現在仔細一看，忽然有股奇異的感覺閃過腦海。

她看起來和無色年紀相仿，染著鮮豔色彩的頭髮綁成雙馬尾，眼尾上翹，妝容獨樹一格。耳朵上叮叮噹噹掛著數不清的耳環和耳骨夾。戴著口罩，但可能覺得這樣道謝有點沒禮貌，便將口罩拉至下巴。漂亮的雙唇之間隱約露出尖尖的犬齒。

……老實說，她光是脖子以上的資訊量就多到不行，看久了不禁頭昏眼花。

不過閃過無色腦海的，並不是這副特殊容貌給人的異樣感。

硬要說的話——是一股似曾相識的感覺。兩人明明是第一次見面，無色卻覺得好像在哪裡見過她。

「咦~~?你怎麼啦，大哥?幹嘛一直盯著人家?難道是被本小姐迷得暈頭轉向了?」

少女見無色不發一語地盯著自己，露出調皮的笑容這麼說。

「…………!」

看見那副表情，再聽見那特殊的第一人稱，無色不由得睜大眼睛。

「……克拉拉?」

無色下意識叫出她的名字。

對，沒錯。她的特徵和無色剛才看的影片創作者——克拉拉頻道的克拉拉一模一樣。

「沒錯，我就是克拉拉。你竟然知道我。」

少女訝異地說完，無色放在長椅上的手機便傳出人聲，彷彿說好的一樣。

『——嗚哇啊啊啊!這、這道光芒是~~……!』

可能因為停在同一個畫面太久，手機自動播放了下一部推薦影片。畫面上可以見到反應誇張的克拉拉。順帶一提，影片標題叫作「在魔術師專用拍賣網站買了傳說中的聖劍」。

少女看到後眼睛一亮。

「哇塞，真的假的！這不是本小姐的影片嗎！咦？大哥，你該不會看一看我的影片，我就從天上掉下來了吧？有這種事？根本是命運的邂逅嘛！是不是你動畫看太多了？」

她開始興奮地滔滔不絕。

無色不得不承認這機率確實近乎奇蹟，但不曉得是不是真的因為動畫看太多。

「哎呀～～……本小姐在拍片過程中不小心摔落，沒想到會遇到這種千載難逢的事，還真是塞翁失馬焉知非福啊～～」

少女感慨萬千地點點頭。

最後一句無色也聽不太懂，不過他有件更好奇的事，搔了搔臉頰問：

「拍片……拍什麼片？」

「『超級初學者上學校屋頂跑酷』。」

「有勇無謀……」

無色板著臉說完，少女愣了一下後笑了起來。

「啊哈哈，我想說在這裡就算受了傷，還有醫療魔術師會幫忙急救嘛～～而且刺激的影片比較多人看啊。男生好像說會嚇到蛋蛋縮起來吧？可惜本小姐沒有蛋蛋，不知道那是什麼感覺。」

她又笑了一會後說：

「不管怎麼說，謝謝你讓我撿回一命。

——我是克拉拉，本名鴉嶋喰良，請多指教。」（註：喰良日文音同克拉拉）

少女——喰良說著便伸出手。

無色雖然有些傻眼，還是回握住她的手。

「我是玖珂無色，請多指教。」

「…………嗯嗯？」

無色自我介紹完，喰良像是覺得哪裡怪怪似的皺起眉頭。

「玖珂無色，難道是那個玖珂無色嗎？」

「……？妳說哪個玖珂無色？」

「哎喲，別管那麼多嘛……咦？真的假的？不是在開玩笑？」

「對……我從出生以來一直都是玖珂無色……」

無色一頭霧水地回答完，喰良猛地將他的手拉近自己。

「玖珂無色！你超有名的！咦？有這麼巧的事嗎？等等，我可以拍片嗎？嗚哇～～！太扯了！這樣會被人懷疑是事先套好的啦～～！」

「咦？什麼……？」

喰良突然連珠炮似的說了一串話，令無色聽得目瞪口呆，完全不知道她在興奮什麼。

就在無色備感困惑之時——

「————呃呃呃呃呃呃————！」

遠方傳來一陣地鳴般的腳步聲，以及尖銳的叫喊聲。

「……咦？」

「哦？」

喰良似乎也注意到了，一臉好奇地和無色對望。她本人或許沒有意識到，那表情和動作有股刻意裝可愛的心機感。

不久後，那陣慌亂的腳步聲越來越大，叫喊的內容也越來越清晰。

「無色呃呃呃呃————！」

「咦？在叫我？」

無色終於聽出那道聲音是在叫自己。這時聲音的主人捲起一大片塵土，來到兩人面前。

少女以驚人速度衝來，剎車似的踩緊地面，停了下來。綁成雙馬尾的長髮隨著動作劇烈搖晃。

「……瑠璃？」

無色看見那人的身影，不由得喊出聲。

第一章
【震驚】我成了空降女主角

沒錯，出現在他們面前的正是無色的妹妹兼同學，不夜城瑠璃。

前陣子她被捲入某起事件當中，身受重傷。在〈庭園〉醫療部的治療下，如今已經康復，能夠自由活動，甚至有些精力過剩的傾向。

「──終於找到你了！這是怎麼回事，無色！給我說清楚！」

瑠璃激動地將身子探向無色，揪起他的前襟不斷搖晃。

「冷、冷靜一點，妳到底在說什麼……」

「……嗯？」

無色在搖晃下聲音顫抖著說完，瑠璃疑惑地皺起眉頭。

她現在才注意到無色身旁站著一名少女，而且握著無色的手。

「什麼──！」

瑠璃的表情更加震驚憤怒。

「這個看起來就很雷的女人是誰！你們到底在幹嘛！」

「──咻～～居然當著人家的面把心裡話講出來，也太酷了吧。」

喰良佩服地吹了聲口哨。

接著像是察覺到什麼，遺憾地嘆了口氣。

「啊～～……這是你女朋友？呿～～我就知道你一定有女朋友～～」

「女、女女女女女朋友？」

喰良有些惋惜地說完，瑠璃頓時滿臉通紅。

「無色！你是怎麼跟她介紹我的！」

她開始更用力地搖晃無色，不過感覺態度比剛才開心一點。

「我、我什麼都沒說……」

「那她為什麼說我是你女女女女女朋友！這種事可不能開玩笑！我和無色是兄妹，這樣是亂倫——」

「咦？兄妹？妳是他妹妹？」

喰良聽見瑠璃這麼說，整張臉亮了起來。

「什麼嘛，原來是兄妹啊。本小姐看你們倆長得那麼登對，還以為妳是他女朋友呢。我這個小笨蛋。」

「什……！妳妳妳妳在說什麼……！說什麼蠢話，誰是他女朋友！抱歉剛剛說妳雷，妳要喝飲料嗎？」

瑠璃滿臉通紅地叫喊。順帶一提，她扯動無色衣領的速度已經堪比修整道路的夯土機。無色的頭在旁人眼中肯定糊到看不清。

「真是的～～無色，你有這麼可愛的妹妹就早說嘛～～奇怪？無色？哈囉～～你有在聽

嗎～～？」

「快、快點……阻止她……用什麼方法……都行……」

喰良神經大條地喚著無色。無色眼前一片模糊，斷斷續續地回應道。喰良擺了個思考的動作後說：

「嗯～～可以是可以，不過要阻止你妹，本小姐也得做好犧牲的心理準備。成功的話，你要好好報答我喔。」

「知、知道了……妳快一點……」

「ＯＫ，了解。」

喰良眨了眨眼比出ＹＡ的手勢後，迅速繞到瑠璃背後——

「啊嗯。」

接著毫不猶豫地輕咬瑠璃的耳垂。

「嗚呀……？」

瑠璃渾身顫抖，鬆開無色的衣領。

「妳、妳妳妳妳在做什麼！」

「沒有啦，因為妳的耳垂太可愛了。」

「妳、妳是笨蛋嗎！」

瑠璃搗著被咬的耳垂，後退了幾步。

無色甩了甩頭後，整個人跌坐在地。

「呃……瑠璃，所以……妳來找我做什麼……？」

聽見無色這麼說，瑠璃才想起自己為何而來，眉毛一顫。

「……唔。對了……應該先處理這件事才對！」

說著便從口袋裡拿出手機，將畫面貼到無色面前。

無色扶著頭等待暈眩感消退後，望向瑠璃的手機畫面。

手機上顯示的是〈庭園〉的官方網站。看來除了影片分享網站和ＳＮＳ外，還有這樣一個網站存在。

「這是……交流戰的公告……？怎麼了嗎？」

那則公告是關於無色剛才以彩禍身分認證的與〈影之樓閣〉的交流戰。

公告表示〈庭園〉的選手名單已經出爐。黑衣說代表選手會在交流戰前夕選出——仔細想想，兩天後就要比賽了，現在確實稱得上交流戰「前夕」。

三年級，萌木仄。

三年級，篠塚橙也。

三年級，朧堂亮磁。

二年級，不夜城瑠璃——

「——啊，瑠璃入選了。」

「咦？」

聽見無色這麼說，瑠璃訝異地瞪大雙眼。

她當然知道自己入選，只是沒想到無色會提起這件事。

「不愧是瑠璃，我就知道妳一定會被選中。」

「咦……沒有啦，我就只是……呵呵……哎，運氣好而已……」

瑠璃羞得雙頰緋紅，無色使勁搖了頭。

「不用謙虛，這是妳的實力。妳果然厲害。我當天會盡力幫妳加油的！」

「我、我又不是為了你才出賽……隨便你啦！」

「嗯。加油喔，瑠璃！」

無色以雀躍的語氣說完，瑠璃回了聲：「哼……哼！」別開潮紅的臉，邁開腳步打算就此離去。

幾秒後又像想起什麼似的雙肩顫抖，再度回到無色面前。

「——欸，你幹嘛擅自結束話題！」

「咦？啊……抱歉。」

無色並沒有要結束話題，而且轉身離開的明明是瑠璃自己……不過這些都不是重點。無色乖乖道歉。喰良在後方看著兩人的互動，忍不住笑起來。

「啊哈哈，這位妹妹真有趣～～」

瑠璃狠瞪了喰良一眼後，再次將手機拿給無色看。

「給我繼續往下看！你到底做了什麼！」

「往下看……？」

無色聞言重新看向那則公告。

「——咦？」

接著他看見一行字——登時瞠目結舌。

不過，會有這種反應在所難免。

因為〈庭園〉代表選手名單的最下面——

赫然寫著「玖珂無色」這個名字。

「呃……咦？什麼……？」

無色感到莫名其妙，頭上冒出問號。然而瑠璃還是怒氣沖沖地接著說：

「交流戰的五名代表選手——都是〈庭園〉千挑萬選的精銳。為什麼剛轉進來的你會被選上？」

「這、這個嘛……就算妳這麼問，我也不知道啊。我記得這是ＡＩ選的對吧？會不會出了什麼錯……」

「──唔！」

瑠璃聞言肩膀震了一下。看來直到無色提及，她才想起這件事。

「對了……篩選基本上是由──那麼──」

她做出思考的姿勢喃喃自語了一會後，抬起頭對著周圍大喊：

「『希爾貝爾』！妳在嗎？」

『──來了～～誰叫我？』

這時──

瑠璃才剛說完，彷彿配合這個時間點，無色面前隨即「出現」一名少女。

「哇……！」

無色見狀目瞪口呆。

出現──只能這樣描述。她既不是從某處走來，也不是從空中落下，更不是從地面爬出來，而是伴隨著閃亮的光粒子憑空浮現。

她有著一頭彷彿被重力拉直的長長銀髮，笑容滿面宛如聖女一般。身上穿著能夠襯托出清純容貌的白色長袍，卻有著幾乎要衝破長袍的豐滿胸部，散發一股不協調的悖德感。

「她、她到底是……」

「希爾貝爾，負責管理〈庭園〉整體資料庫與安全系統的人工智慧。」

聽見無色的驚呼，瑠璃喃喃回道。

「人工智慧……？可是她看起來就像在我面前……」

「那是立體影像。你伸手摸摸看。」

「咦？這樣嗎？」

瑠璃說完，無色下意識伸出手。

他的手就像沒碰到東西似的穿過希爾貝爾的胸部。果然和瑠璃說的一樣，沒有實體。

『呀！』

「咦？」

然而，無色還沒來得及說感想，希爾貝爾就紅著臉按住胸部。

流暢的動作彷彿是為了這一刻而設計的，可以看出製作者有著不同尋常的堅持。

『哎呀呀……你這個壞孩子～～真可惜，要是姊姊我有實體，就能鎮住你這條生猛的大蛇了。』

希爾貝爾說著露出溫和的笑容。表情和話語有著極大的反差。

「你、你在摸哪裡啦！」

瑠璃在無色耳邊大叫……明明就是瑠璃叫他摸的。

儘管覺得瑠璃有點不講理，但他的確做了蠢事，再多說什麼也只會讓事情變得更複雜，他只好乖乖認錯。

「受不了……話說，希爾貝爾，交流戰的代表是妳選的吧？能不能解釋一下這是怎麼回事——」

瑠璃說完，希爾貝爾臉上掛著笑容回道：

『——姊姊。』

「什麼？」

『妳不叫我希爾貝爾姊姊，我就不跟妳說——啊，要叫姊姊大人、老姊、大姊也行。』

「…………」

瑠璃額頭上冒著青筋，臉頰不斷抽搐，但她判斷這是必要的犧牲，因而用毫無起伏的聲音說：

「希爾貝爾姊姊。」

『嗯～～……好吧，身為姊姊，是該寬宏大量。』

希爾貝爾用食指撫過下巴說：

『這就回答可愛的小瑠——沒錯，說來冒昧，選手正是在下希爾貝爾選出來的。我有自信這絕對是根據魔術師等級、戰鬥實績等資料所做的綜合判斷。小瑠不用擔心，妳的入選過程沒有任何瑕疵。』

她口中的小瑠似乎就是瑠璃。

瑠璃看起來想說些什麼，但認為時機不對就忍住了。

「……先別說我了，為什麼偏偏是無色被選為代表？他可是不久前才轉入〈庭園〉的門外漢。是不是出了什麼問題？」

『沒出問題。我綜合判斷下來，認定小無有資格代表〈庭園〉出賽。』

「小無。」

她說的似乎是無色。無色愣愣地指著自己說。後方的喰良看到後嗤嗤笑了起來。

然而瑠璃笑都沒笑一下，只是煩躁地皺起眉頭。

「所以我才問妳為什麼嘛！妳到底是憑無色哪一點這麼判斷的？」

『是。』

接著希爾貝爾笑咪咪地答覆：

『——因為小無曾經單獨討伐神話級滅亡因子。』

她口中說出令人震驚的訊息。

「————」

幾秒之間。

四周一片寂靜。

瑠璃露出呆愣的表情，無色本人也驚訝得啞口無言。

然而，會有這種反應無可厚非。

神話級滅亡因子，無色聽過這個名字。那好像是唯有彩禍才能打倒的十二項滅亡因子的統稱。他聽到這件事時心想「彩禍小姐真是太厲害了」，因此印象深刻。

但其他內容他一概無法理解。

「……………什麼？」

眾人陷入沉默之際，率先開口的是瑠璃。

她不可置信地以手扶額，接著說道：

「單獨討伐——神話級滅亡因子？等一下。妳到底在說什麼，希爾貝爾？妳該不會壞了吧？」

『討厭，竟然說這種話，姊姊要哭了喔～～』

希爾貝爾雙手握拳，做出拭淚的動作。

然而瑠璃現在沒心情理會這種精心設計的小動作。她滔滔不絕地問：

「我想確認一下，神話級滅亡因子……是那個吧？強大得無法歸類在基本等級之內，所以額外設置的等級對吧？」

『不愧是小瑠，懂得真多。』

「別說這些有的沒的——那種滅亡因子過去五百年只出現過十二例，全是由魔女大人打倒的，不是嗎？」

『是的，不過我要補充一點——不久之前出現了第十三例。』

「…………？」

這突如其來的資訊令瑠璃瞠目結舌。

但她認為與其追問細節，更應該先確認另一件事，因而聲音微微顫抖著問：

「無、色……打倒了那個滅亡因子……？」

『沒錯。雖然一時很難置信，小無確實為了〈庭園〉的大家拚盡全力。希爾貝爾感動到淚流不止呢。』

「那是怎樣的滅亡因子，無色又是怎麼打倒的？」

『——這些被設定為機密事項☆』

希爾貝爾依舊面帶微笑地說。

「…………」

瑠璃沉默了一會後，一把抓住想悄悄離開的無色的手臂。

「咿！」

「這是怎麼回事，無色？你什麼時候……？不，重點是，你是怎麼辦到的？」

「不、不知道啊，我也一頭霧水——」

無色說到一半，忽然有段記憶在腦中甦醒。

他沒有騙人，他真的不記得什麼神話級滅亡因子。

不過，他幾週前確實遇過能夠與神話級滅亡因子匹敵——不，應該說遠遠超越神話級滅亡因子的敵人，並與之交手。

「啊——」

黑衣曾說過，滅亡因子指的不是特定的生物或個體，而是用以統稱那些「可能毀滅世界的事物」。

就這層意義來說，「她」確實符合此條件。

「……？看你的表情，好像想起了什麼？」

「沒、沒有，我才沒露出那種表情……聽不懂妳在說什麼……」

「別裝了！我怎麼可能看不出你在想什麼？」

「咦？」

「……忘了我剛剛說的！總之趕緊——」

就在這瞬間。

「——咦？」

瑠璃劍拔弩張的質問聲被一陣巨響蓋過。

是〈庭園〉內出現滅亡因子的警報聲。

✡第二章　【快報】人家交到男朋友了！

「這些是——什麼……」

這裡是用以分隔〈空隙庭園〉與外界的圍牆。無色和其他魔術師一同站在圍牆上，看著底下的景象喃喃自語。

然而，他的反應很正常。

畢竟〈庭園〉外頭的街道全被凝膠狀的物質所覆蓋。

不，用「物質」這個詞來描述並不精確。

因為那些黏性物體正如生物般在地面和牆壁上爬行。

「——滅亡因子三二九號：〈史萊姆〉——」

瑠璃站在圍牆上，眯著眼俯瞰街道。

「……那是災害級的滅亡因子。個體的威力並不強，但群聚在一起時造成的威脅就像眼前這樣。放著不管的話，這一帶都會被腐蝕——可逆討滅期間為二十四小時。要是不在這段期間將它們打倒，這片景象就會成為『結果』，被世界記錄下來。」

聽見瑠璃莫名像在說明的話語，無色微微歪起頭看她。

「……咦？妳是在為我解說嗎？」

「什麼～～？你你你你是笨蛋嗎？這是我的口頭禪啦～～！你少自戀了！」

「這、這樣啊，抱歉……」

瑠璃凶狠地說完，無色老實道歉。這些事每個魔術師都知道，她卻特地說出來，無色才會認為她是在說明給最近轉來〈庭園〉的自己聽的……看來是他誤會了。不過這口頭禪還真特別。

無色反省似的點了頭後，瑠璃不耐煩地說：

「先別說這個，重點是你為什麼會被列在討伐隊伍中？太奇怪了吧！」

「呃，我也不知道……」

無色額頭上冒著汗，搔了搔臉。

是的，由於這次滅亡因子數量較多，〈庭園〉內有三十名左右的學生被選為討伐成員——無色不知為何也在其中。說起來這是他第一次參與正式的任務。

話雖如此，瑠璃似乎也知道這件事。她不悅地咂嘴後向前踏出一步，制服的肩章隨之翩翩飄動。

「總之，你就在旁邊安靜地看好了，結束之後我再問你。

第二章

【快報】人家交到男朋友了！

「——不夜城瑠璃要出動了。」

瑠璃說完，猛地從圍牆上跳起。

她蹬向圍牆的那瞬間，雙腳泛起魔力的光輝，整個人像是反重力般畫出一道平緩的拋物線，落到街道之中。

「第二顯現——【燐煌刃】！」

嘹亮的嗓音劃破空氣，小如豆粒的身影迸發出藍光。

那由魔力構成、能夠變化自如的刀刃宛如柔韌的長鞭，又像猛獸的尾巴，在空中畫出軌跡。

剎那間，在四周爬行的無數〈史萊姆〉一同消失在藍光中。

「喔喔……！」

——身為〈庭園〉最高戰力的騎士，不夜城瑠璃展現出震懾人心的英姿。

那英姿鼓舞著圍牆上一字排開的其他魔術師。許多人跟隨她的腳步，縱身躍下。

其他人不像瑠璃那麼厲害，但仍順利打倒一隻隻滅亡因子。

瑠璃說得沒錯，無色說不定真的什麼都不用做，討伐就結束了。

然而——

「…………？」

無色感覺身後有人在看自己，轉頭瞄了一下。

他看見留在圍牆上的幾名魔術師偷偷望著他，交頭接耳起來。

「他就是傳聞中的玖珂無色……？」

「對。他是S級魔術師不夜城的哥哥，入學一個月就被選為交流戰代表的天才……」

「聽說他獨自打倒了神話級滅亡因子——」

「不會吧……！他到底用了什麼魔術……？」

「呵……真想見識見識他的本事……」

眾人不知為何對他充滿期待。

「…………」

無色並非受到他們的意見影響，只是覺得自己都被選為討伐成員了，就不能默默旁觀。

雖說不能讓彩禍的身體暴露在風險中，然而既然決定要以魔術師身分生活，遲早都得上戰場。

無色下定決心握起拳頭，向前踏出一步。身後隨即傳來「「喔喔……！」」的鼓譟聲。

「…………」

不過走到圍牆邊緣時，無色卻停下腳步。他發現這道圍牆意外地高。

瑠璃他們是讓魔力凝聚在腳上，一躍而下，但老實說無色不太敢這麼做。別說跳躍了，說不定連落地都有危險。

「好。」

既然這副身體有一半是彩禍的，就不能逞強。無色堅定地點了頭——像普通人一樣沿著樓梯走下去。

「什……竟然特地走樓梯？」

「他該不會是不敢跳吧……？」

「怎麼可能？他打倒了神話級耶。這麼做肯定有什麼原因——」

「我、我們也上吧！」

無色聽著身後的人七嘴八舌，下至地面，穿過大門來到街道上。圍牆上那幾名魔術師也跟在他後頭。

「————唔。」

街道上的情況令無色倒抽口氣。

從地面可以更清楚看見這異樣的光景。

熟悉的街道上爬滿了陌生的黏性生物。這兒沒有半個人影，不知是逃進室內還是被〈史萊姆〉吞噬消化。它們簡直像取代人類，成了都市的支配者。

【————】

〈史萊姆〉似乎注意到無色等人出現，示警似的開始蠢動。

「唔——！我們上！」

「好！」

無色身後那些魔術師察覺到這陣動靜，大聲吶喊。所有人集中精神，接著身上便出現界紋和第二顯現。

【——！】

那些〈史萊姆〉一同襲來。

轉瞬之間——

現場就化為魔術師們的戰場。

〈史萊姆〉大幅擴張身體，和魔術師們使出的第二顯現撞擊在一起，激起劇烈的餘波。

「唔……——」

慢半拍的無色集中精神，試圖讓劍具現化。

……然而，受黑衣訓練時輕鬆變出的那把劍卻一直沒出現。

「咦……真奇怪——」

【——！】

無色正感疑惑時，〈史萊姆〉就像要淹沒他似的襲來。

「嗚……哇啊！」

他連忙在地上翻滾，勉強閃過那波攻擊。剛才站立的地方遭到〈史萊姆〉猛烈撞擊。

「痛痛痛痛……」

他摸了摸狠撞在地的額頭。

但他很快就明白現在不是做這種事的時候。

無色所在的那片區域倏地變暗。

——就像被龐然大物遮住了陽光一般。

「咦……？」

他愣愣地抬起頭——這才發現……

無數〈史萊姆〉聚集在一起，形成一道巨大的身影，聳立在他面前。

「咦——」

【————————！】

巨大〈史萊姆〉發出一陣尖銳的咆哮蓋過無色的聲音，以驚天動地之勢持續擴張身體。

無色只能呆若木雞地承受那毀滅性的一擊。

——沒想到……

「啊～～不准再搗蛋嘍～～」

一道悠哉的聲音傳入耳中，下個瞬間——

〈史萊姆〉的巨大身軀就被切成十字狀。

【————！】

那巨大的滅亡因子慘叫一聲，便化作一灘冰冷的液體。

它發出啪嗒聲響，在地面擴散，就此失去動靜。

「咦……？」

無色無法理解突然發生在眼前的這一幕，愣愣地眨了眨眼。

這時，一名少女輕鬆降落在〈史萊姆〉原本在的位置。

「真的好險喔～～你沒事吧？」

「妳是——」

無色意識到那個人是誰後，不由得瞪大雙眼。

「——鴇嶋？」

是的，那個手上拿著嚇人的鏈鋸，下腹部浮現出愛心形界紋的人，正是鴇嶋喰良。

「討厭，叫我喰良就行了啦～～」

喰良說著扭過身，抬頭看向上方。

無色順著她的視線望去，只見像是長了翅膀的智慧型手機飄浮在那兒。

「——就這樣，『闖入滅亡因子討伐現場』的影片到這裡結束。喜歡的話別忘了幫我按讚加訂閱。」

她說完還對鏡頭擺了個姿勢。

「妳、妳是在……錄影嗎？」

「嗯～～說是錄影嘛，算是直播？哎呀～～畢竟討伐滅亡因子的影片通常觀看率都很好嘛～～」

「這、這樣啊……」

所以自己面對滅亡因子時束手無策的模樣也被播放出去了吧——無色忍不住這麼想，但他決定不要深入思考下去。

他當然覺得丟臉，不過既然喰良救了他一命，他也沒什麼好抱怨的。

「哎呀～～總之還好你平安無事——站得起來嗎？」

喰良踏著輕巧的步伐來到無色身邊，朝他伸出手。

「呃……嗯，謝謝。」

無色握住喰良的手，被她拉了起來。

接著喰良指向飄在空中的手機。

「快，快看那邊，擺出最讚的姿勢！露出今天最燦爛的笑容！」

「呃、呃……好。」

這樣簡直就像是英雄和被救助的弱小市民。對喰良而言，這樣的照片拍起來應該很光彩吧。

……不過，話雖如此，因為實際上真的是這樣，無色也不好說些什麼。他只能照喰良說的，朝手機鏡頭露出僵硬的微笑。

下個瞬間，喰良卻將手臂環上無色的肩膀，整個人靠了過來。

然後——

「好的好的～～那麼，跟大家介紹一下～～這位是玖珂無色。

——是人家最近交到的男朋友～～！」

「……什麼？」

她笑容滿面地對全國觀眾投下這一枚震撼彈。

◇

「…………」

討伐完滅亡因子〈史萊姆〉隔天。

無色侷促不安地走在通往中央校舍的路上。

他只是在路上正常行走，路過的師生看見他卻都驚訝地瞪大眼睛，交頭接耳說起八卦。

主要原因有兩個。

一是因為——

「……欸，那不是玖珂無色嗎？」

「咦？被選為交流戰代表的那個人？」

「他就是除了魔女大人外，唯一討伐過神話級滅亡因子的男人——？」

被選為交流戰代表，以及打倒神話級滅亡因子的事。

另一個原因是——

「你有看克拉拉的直播嗎？」

「看了啊，混帳。什麼男朋友……沒有啦，我才沒幻想過能跟她交往～～……」

第二章

【快報】人家交到男朋友了！

「……呃，等等。那邊那個人該不會就是玖珂無色吧？」

「咦？玖珂——克拉拉的男朋友？」

「真的假的，哇咧～～……」

——因為喰良在直播中說無色是她的男朋友而傳出的緋聞。

當時無色連忙將臉遮起來，然而為時已晚。無色的長相和姓名早已在MagiTube上最大最紅的頻道——克拉拉頻道的觀眾面前曝光。

光是一件就夠轟動了，更何況兩件事同時發生。玖珂無色就這樣一夕之間成為〈庭園〉中備受矚目的焦點。

「——這下麻煩了。」

走在無色身邊的黑衣面無表情地說。她現在和無色一樣，身穿〈庭園〉的制服。

「是啊……沒想到會發生這種事。」

無色愁眉苦臉地說完，黑衣維持一定的步調，接著說道：

「關於被選為代表一事，我得向你道歉。是我思慮不周，沒想到『她』會被認定為滅亡因子。」

黑衣含糊其辭，避免提到那個名字。這也無可奈何，畢竟在該起事件中，出現在無色等人面前的那名「女性」在〈庭園〉占有舉足輕重的地位。倘若不小心被人聽見，情況肯定會變得更加複雜。

因此無色心中惴惴不安，一臉嚴肅地詢問黑衣：

「那個ＡＩ——是叫希爾貝爾吧？她既然知道那場戰鬥……該不會連『那個人』的事都知道了吧……？」

「不能否認有這個可能……但既然將那起事件的細節設為機密，代表希爾貝爾也知道將『她』的事公開有多大的風險，因此公開情報的機率極低。」

「這樣啊……那她為什麼不連我的事也一起保密呢……」

「你畢竟打倒了相當於神話級的敵人，她可能認為必須給你這樣的魔術師正當評價，否則對〈庭園〉來說是莫大的損失吧。

不過〈庭園〉認定的機密事項通常非同小可。就算有人對此感到好奇，也不會冒著接受嚴厲懲罰的危險，深究下去——」

黑衣說到這裡頓了一下，接著淡淡地別開視線說：

「——大概只有不夜城騎士會這麼做吧。」

「這才是最恐怖的好嗎？」

無色冒著冷汗說完，黑衣以滿不在乎的口吻說：「那就請你自己加油了，你不是她哥嗎？」看來她對哥哥這個身分異常有信心。

「——總之這件事絕對要保密到底。雖然留有紀錄，久而久之大家也就習慣了。你現在這麼受人注目，千萬要小心別引起存在變換。」

「……知道了。那麼，呃，交流戰要怎麼辦？」

無色怯怯地問，黑衣做出思考的動作想了想後回道：

「這個嘛……選手名單已經公開，不知道還能不能換人……這部分就交給我處理吧。」

「不好意思，麻煩妳了。」

無色說完，黑衣清了清喉嚨轉換話題。

「——話說，無色先生，我有件事想問你。」

「…………請說。」

黑衣什麼都還沒說，無色就已經知道她想說什麼。他一臉尷尬地點點頭。

黑衣冷冷地瞇起原本就很冰冷的雙眼，喃喃說道：

「想不到你這麼花心。」

「不是。妳誤會了，黑衣。」

無色聞言，拚了命大聲辯解。

「哪裡誤會了？你們恩愛的樣子全都收錄在直播裡了。」

「一切都是誤會！都是喰良在自說自話——」

「我作夢也沒想到才剛跟你介紹MagiTube，你當天就拿來做這種事。」

「聽我說啊！」

就在無色哀號著試圖解釋下去時。

「———啊！」

身後傳來一聲雀躍的驚呼。

「你在這裡啊！終於找到你了～～討厭啦～～昨天戰鬥完你就不見了，本小姐找了你好久～～」

「咦———」

無色聽見聲音後猛地回頭———瞬間全身僵住。

這反應再正常不過。畢竟那個人正是身為話題焦點的當紅MagiTuber克拉拉，鴇嶋喰良本人。

「找不到你好寂寞喔～～不過先不說這個，來聊天吧～～我們應該好好認識一下彼此。你說順序反了？不不，怎麼會呢？有些事就該從形式著手。先有名分再慢慢培養感情也沒關係吧～～」

喰良說著親暱地靠了過來，順便極其自然地摟住無色的手臂，牽起他的手，還和他十指緊扣。

一連串動作只花了兩秒，快到看都看不清楚。

「不……等等……！」

身體乳液的甘甜香氣、手指的柔軟觸感襲擊大腦，讓無色強烈感受到身旁的人是個女孩，不由得羞紅了臉。

「欸，那個人是……」

「哇，真的假的？是本人嗎？」

群眾注意到喰良後隨即開始鼓譟，逕自拿出手機不停拍照。然而，喰良不但沒有生氣，還主動擺出姿勢讓人拍攝。被她緊摟手臂的無色自然也被拍進畫面中，只能懷著絕望的心情茫然佇立著。

「…………」

直到發現黑衣鄙視地看著這一幕，他才回過神來。

沒錯。他只是因為事出突然而愣住，事實上他已經有喜歡的人。

無色下定決心扭動手臂，鬆開交扣的手指。

「……喰良，我想跟妳談談。」

「嗯？怎麼了？啊，難道你不想被拍？」

喰良不解地問了。無色緩緩搖搖頭，以平靜的口吻說：

「不是這個問題——我們根本就沒有在一起啊。」

「咦？是嗎？」

無色說完，喰良打從心底感到意外似的睜大眼睛。

「可是，你不是答應過如果我成功阻止你妹，就要報答我嗎？」

「我……的確答應過。」

「對吧——我要的回報就是你跟我交往。」

「原來是這麼沉重的契約嗎！」

見無色面露驚愕，喰良咯咯笑了起來。

「哎呀～～這就跟樂團因為音樂品味不同而解散是一樣的狀況吧～～不過，既然認知不同，那就沒辦法了——所以我重新問你一次，跟我交往吧，無朽。」

「無朽。」

「無色和男朋友，合在一起唸就是無朽。」

「…………」

無色忍不住想吐槽她獨特的用字品味，但現在該討論的不是這個。他大大搖了搖頭。

「很抱歉，我不能跟妳交往。」

「咦～～為什麼？難道本小姐不是你喜歡的類型？別看我這樣，我可是很願意為男友付出的女人～～」

「不，重點不是這個……是因為我已經有喜歡的人了。」

聽見無色這麼說，喰良吹了聲口哨。

「啊～～……是這樣啊，真是青春──可是你們還沒交往吧？」

「這……嗯，是我單戀她。」

無色搔了搔臉頰說完，喰良扭動身體說：「哎呀～～害羞的無朽真可愛。」而後再度探頭望向無色的眼睛。

「──順便問一下，那個人是誰？方便的話可以告訴我嗎？本小姐有自信不會輸給大部分的女生，絕對會把無朽搶到手！」

「彩禍小姐。」

「嗚嘎！」

無色一說出那個名字──

喰良便像漫畫人物一樣當場翻倒過去。

「彩、彩禍小姐……該不會是〈庭園〉的魔女大人吧？」

「沒錯。」

「……咻、咻嗚……看你一臉安分，沒想到野心這麼大……」

喰良做了個擦去嘴角血漬的動作（她並沒有真的吐血），搖搖晃晃地起身。她可能沒想到會聽到彩禍的名字吧。

但她很快就振作起來，搖搖頭，像要射穿無色的心臟般用力指向他。

「不過沒有人可以阻止戀愛中的少女。就算情敵是魔女大人，本小姐也絕不會放棄！」

喰良激動地喊完，衣服口袋傳來輕快聲響。

「嗯？哎呀，已經這麼晚啦，我都沒注意到。」

她從口袋拿出手機，點了點畫面後，猛然將頭轉了回來。

「總之，想說的都說完了，本小姐也該告辭了——待會見，無～～朽。」

喰良比出愛心手勢說完便迅速跑走了。

該怎麼說……真是個從出場到退場都像暴風一樣的少女。

「……她走掉了。」

「是啊，臨走前還說了個有點嚇人的預告。」

直到看不見喰良的身影，無色和黑衣才終於說出話來。

「……？」

這時無色的眉毛抽動了一下。他看見總是面無表情的黑衣彷彿露出滿意的神情。

「黑衣？怎麼了？」

第二章
【快報】人家交到男朋友了！

「……？什麼怎麼了？」

「呃，沒有……沒事就好。」

無色說完，黑衣疑惑地歪了歪頭後，將視線轉回正前方。

「不說這個，我們趕快走吧。沒想到耗了這麼多時間。」

「也是。待會要開班會，可不能遲到。」

「——不。」

黑衣聞言，微微搖頭。

「我們今天要去的地方不是教室。」

「咦？」

見無色瞪大雙眼，黑衣以旁人聽不到的音量悄聲說道：

「——今天要去迎接〈樓閣〉的貴賓。」

「〈樓閣〉的……啊——」

這時，無色才發現前方——那條通往中央校舍的熟悉道路上，布滿了陌生的裝飾。道路兩側設了些簡易攤位，像要舉辦校慶園遊會似的。

「咦，交流戰不是在明天嗎？」

「交流戰在明天，今天要舉行迎賓典禮，以及兼具交流性質的前夜祭。」

「喔，這樣啊，所以才……」

無色東張西望地說著，黑衣趕緊催促他。

「因此，你待會要出席典禮，要先做準——」

黑衣說到一半，眉毛抽動了一下，連忙拉起無色的手躲進建築物之間的空隙。

「哇，幹嘛突然拉我啊，黑衣——」

「噓，安靜點。」

黑衣將食指抵在脣前，望向兩人剛才經過的道路。

無色順著她的視線望去——頓時明白一切。

瑠璃正和她的朋友沿著那條路走了過來。

「…………」

她臉上充滿怒意，姿勢宛如凶猛的肉食動物微微前傾，全身還莫名散發一股殺氣。

這狀態明顯不尋常。

硬要比喻的話——就像自己的哥哥趁亂逃走後，又在直播中被奇怪的女人公開宣稱是男朋友。如果遇到這些事，可能就會變成她現在這樣。

「瑠、瑠璃……冷靜一點，妳嚇到大家了。」

瑠璃身旁的溫婉少女皺著八字眉說——她是嘆川緋純，瑠璃的同班同學兼室友。

第二章

【快報】人家交到男朋友了！

「……冷靜點？這話真奇怪，緋純，我很冷靜啊。」

「真、真的嗎……？」

「是啊，冷到血液都要凍結了。」

「聽起來一點都不像沒事……！」

她們邊走邊聊。周圍的學生不知是不是察覺到氣氛不對，紛紛離開現場或別開視線。

無色遠遠望著瑠璃，臉上冷汗直流。

「……謝謝妳，黑衣。真的好險。」

「不會。總之你今天還是別以這副外貌和她見面吧。」

黑衣壓低音量說道。

「…………？」

然而下個瞬間，瑠璃忽然停下腳步。

接著開始狐疑地朝四周張望。

「怎麼了，瑠璃？」

「……妳有沒有感覺到我哥的氣息？」

「氣、氣息……？」

「對，只有一點點，大概一一〇秒前經過這裡的感覺。」

「我一點感覺都沒有……是不是妳想太多了？」

「我會誤認我哥的氣息嗎？」

「說得也是……」

緋純皺著眉頭說完，瑠璃動著鼻子嗅了一會後，以緩慢的腳步朝無色他們藏身的地方走來。

「……！她走過來了……！」

無色望向後方，緊張得難以呼吸。然而巷子越往裡頭越狹窄，不足以讓人通行。

「——沒辦法了。」

這時黑衣一把抓住無色的肩膀，將他的身體壓在牆上。

「呃……黑衣，妳想做什麼？」

「我們就在這兒執行存在變換吧，反正本來就該在典禮前完成。」

「存在變換——」

無色聞言，倒抽口氣。

存在變換可以讓密不可分的無色和彩禍調換身體。

從彩禍變成無色時必須讓無色感到興奮，以提升魔力流出量。

從無色變成彩禍時則倒過來，必須從外部吸收魔力。

而最有效率的方法就是——

「…………」

黑衣維持一貫的表情，勾起無色的下巴。

「那、那個，請等一下，黑衣。」

「沒時間了。而且我們明明已經執行過很多次，你還有什麼好遲疑的？」

「是沒錯……」

無色紅著臉別過視線。

黑衣說的有道理，但如今無色已經知道黑衣就是彩禍，要他不緊張才是強人所難——

「——行了，給我乖一點。」

「…………！」

下個瞬間黑衣口中說出的話語讓無色全身為之震顫。

黑衣沒有放過這個機會，趕緊固定住無色的臉——

「嗯——」

接著直接將自己的雙唇壓在無色的唇上。

「……唔——」

幾乎要融化的柔軟觸感、隱約散發的甘甜芳香蹂躪著無色的腦袋。無色動彈不得，感受到一陣眼前忽暗忽亮的強烈衝擊。

隨後靜止了數秒。

「——呼。」

黑衣將嘴唇移開時，無色的身體已變成久遠崎彩禍的外觀。

是的，這個行為——接吻，正是從外部傳送魔力最有效率的方法。

「…………」

無色眼神迷濛，摸了摸依然殘留著接吻觸感的雙唇。

「……總覺得比平常更久。」

「是你想太多了吧？」

黑衣若無其事地別過臉，口氣已經恢復成平時那樣。

就在這時，瑠璃探頭望進小巷中。

「……咦？魔女大人和黑衣……？兩位怎麼在這裡？」

「彩禍大人說她看見了稀有的蟲。」

黑衣面不改色地隨便撒了個謊。無色配合她的說法面露苦笑，點了頭。

「是啊……嗯，好像有看見。」

「這樣啊。不愧是魔女大人，總是對新知充滿好奇。」

瑠璃佩服地說完，東張西望搜尋無色的身影。最後終於發現他不在這裡，皺著眉歪了歪頭。

「怎麼了？」

「呃……沒事，可能是我搞錯了——」

瑠璃此時像是注意到什麼，睜大了眼。

「黑衣，妳怎麼了？臉好像有點紅？」

「咦？」

聽見瑠璃這麼說，無色不由得叫出聲。

「……是妳多心了吧？」

黑衣以平靜的口吻說完，不讓無色看她的臉，逕自走出小巷。

◇

他以「無色」和「彩禍」的雙重身分生活了一個月。

憑著驚人的觀察力、偏執的學習力和興趣上的堅持，無色已經能維妙維肖地模仿久遠崎彩禍，但在許多情況下仍會感到緊張。

最明顯的就是在與彩禍的舊識談話時，以及自己的行為可能損及彩禍的評價或社會地位的時候。

而現在的狀況——正巧符合這兩種條件。

因為他待會必須款待和彩禍同為魔術師培育機構之首的魔術師。

「…………」

無色坐在會場舞臺的椅子上，緩緩吐氣以免顯露出緊張情緒。

這裡是〈庭園〉東部區域的大禮堂，如今布置成簡單的典禮會場。

〈庭園〉的學生在寬廣的會場中整齊排列，他們前方的舞臺上則坐著教師和騎士。熟悉的禮堂莫名散發出一股莊嚴的氣氛。

「——您怎麼了，彩禍大人？」

黑衣似乎從無色的反應觀察到了什麼，因而這麼詢問他——順帶一提，她的表情已經恢復成無色熟悉的撲克臉。

「沒什麼，只是想說很久沒見到〈樓閣〉的學園長了。」

無色配合場合如此回答。黑衣在心中解讀了一下他的話，壓低音量說：

「您不用太擔心。〈樓閣〉的紫苑寺曉星老爺子雖是您的舊識，但不常和您親自見面，應該不太會察覺到異樣。」

「是嗎——」

「真要說的話，不夜城騎士還比較可怕。」

「這倒也是。」

無色面露苦笑，望向坐在後方座位的瑠璃。

……她抬頭挺胸坐在椅子上，但仍眼冒血絲，怒目掃視底下的學生。

不過她這麼做並不是在監視學生以防大家做出無禮之舉；比較像在眾多學生中尋找某人的身影……無色已經開始害怕變回原形後可能發生的事。

「——不過，有件事需要注意。」

這時，黑衣想起什麼似的說道。無色決定暫時別去想瑠璃的事，將視線移回黑衣身上。

「注意？」

「是的。請您千萬『別輸』。」

「……？我當然會盡最大的努力——」

「不，我不是指交流戰——」

黑衣說到一半，設在會場天花板的喇叭傳來〈庭園〉管理AI希爾貝爾的聲音。

『——〈影之樓閣〉的師生即將進場，請各位用熱烈的掌聲歡迎他們。』

與此同時，會場的大門緩緩打開。

第二章

【快報】人家交到男朋友了！

接著等在門前的一群人踏著有條不紊的腳步走進了會場。

其中包含數名教師，以及一百多名身穿深色制服的少年少女。他們的肩章下方垂掛著閃亮的具現化裝置，顯示出每個人都是魔術師。

那群人在掌聲中走到指定位置，停下腳步。

而後，帶隊的幾名教師便來到無色等人所在的舞臺上。

走在最前面的，是一名身穿魔術師長袍的老翁。他臉上滿布深深的皺紋，留著白色長鬚，不過背脊挺得筆直，腳步也很穩健。

不會錯，他就是〈影之樓閣〉的學園長，紫苑寺曉星，長得就和黑衣事前提供的資料一模一樣。

「──好久不見了，〈庭園〉的。」

紫苑寺走到無色面前，說著伸出右手。

「是啊，很高興看到你如此硬朗，紫苑寺老爺子──」

無色做了個深呼吸緩和心跳，面露微笑，準備伸出右手握住他的手。

──然而……

下個瞬間，紫苑寺卻突然比出中指。

「咦？」

這突如其來的舉動令無色瞠目結舌。

接著紫苑寺直接皺起整張臉，長眉毛下方露出銳利目光，語帶威脅地說：

「妳去年把老夫整～～～得好慘啊，性格惡劣的臭魔女！每次都用一些卑鄙下流的手段……！至今受過那麼多屈辱，今年絕對要加倍奉還……！」

「呃……」

聽見這名老紳士出言辱罵，無色感到不知所措。

他的確聽說〈樓閣〉的學園長對彩禍懷抱強烈的競爭心理，但沒想到對方竟會這樣公然挑釁。無色困惑地瞄了黑衣一眼。

「…………」

於是黑衣不慌不忙地朝無色點了頭。

她沒有說話，但無色彷彿聽見她說了聲「ＧＯ」。

……原來她說的「別輸」是這個意思。無色臉上流著冷汗，做好準備重新面對紫苑寺。

「──哦？我哪裡卑鄙了？〈樓閣〉的各位在教導學生時，該不會把求勝的努力和付出全都視為卑鄙之舉吧？」

「說什麼呢，妳這個心機魔女……！那哪叫努力和付出！對〈庭園〉的人來說，那些稱得上努力和付出嗎？」

第二章

【快報】人家交到男朋友了！

「…………」

……彩禍去年到底做了什麼？

正當無色微微冒汗時，站在紫苑寺兩側的兩名教師開口安撫他。

「好、好了啦……冷靜一點，學園長。」

「是啊，老爺子。用不著比學生還熱血。」

其中一人是戴著眼鏡的溫婉女性，另一人則是滿身傷痕的魁梧男人。

這兩個人都有出現在黑衣提供的資料上。名字好像叫——佐伯若葉和蘇芳哲牙。兩人都是〈樓閣〉的教師，也是紫苑寺的心腹，地位相當於〈庭園〉的騎士。

看來他們倆十分明理。

希望紫苑寺能就此冷靜下來——

「——和那種窮兇惡極的老狐狸打交道，身體會累積毒素的。」

「她搞不好真的會放毒，還是別靠近她比較好。」

錯了，雖然個性不盡相同，這兩人顯然也很好戰。

無色正感到不知所措，只見紫苑寺調整紊亂的呼吸，露出自信的笑容。

「……算了。今年的〈樓閣〉不同於以往，可別以為勝負會和去年一樣。」

「哦，還真教人期待——我現在就想看看你扼腕的模樣。」

「哼……隨妳怎麼說！」

希爾貝爾似乎察覺到他們的對話告一段落，喇叭再度傳來她的聲音。

『——和睦的寒暄環節已經結束，是時候介紹本屆交流戰的選手。被點到名字的同學請上臺。』

這在AI眼中算是和睦的寒暄嗎？還是一種高級諷刺呢？無色分辨不出來……不過他也希望典禮快點進行下去。為了不妨礙希爾貝爾主持，他趕緊將視線從紫苑寺身上移開。

下個瞬間，會場燈光全暗，臺上投影出畫面。

『——〈空隙庭園〉的代表，三年級的萌木仄。』

在希爾貝爾的呼喚下，臺上出現華麗的聲光效果，並且映出學生的照片和名字。比起校際交流戰，更像一場格鬥比賽。

「我、我在！」

穿著〈庭園〉制服的少女有些害羞地走上臺。臺下響起如雷的掌聲和歡呼。

『三年級的篠塚橙也。』

「是。」

希爾貝爾喊出下一個人的名字，一名身材修長的男學生隨即上臺。他揮了揮手，臺下傳來興奮的尖叫聲。

第二章

【快報】人家交到男朋友了！

『二年級的不夜城瑠璃。』

「——有。」

已經在臺上的瑠璃被點到名，直挺挺地站起身。

全場立刻響起遠比剛才更加熱烈的歡呼聲。

不愧是S級魔術師兼〈騎士團〉成員，知名度和聲望都很高。

無色身為了解瑠璃私下面貌的人，總覺得有些不可思議。

希爾貝爾在這陣歡呼聲中繼續說道：

『再來是二年級的玖珂無色，可惜他今天因為身體不適而缺席。』

這點他們已經事先通知過希爾貝爾。無色今天必須以彩禍的身分出席典禮，自然無法出場。

臺下爆出一陣噓聲，和剛才天差地別……那噓聲像是在說：「身為選手竟然缺席交流戰開幕式這麼重要的活動。」又像在說：「不准逃啊，克拉拉的男友。」……無色決定不要想太多。

希爾貝爾介紹了四名〈庭園〉選手，還剩下一個人。

投影畫面中出現更浮誇的特效，大大映出該名學生的姓名和照片。

『——二年級的久遠崎彩禍。』

映出該名「學生」的姓名和照片。

「…………………………嗯嗯？」

無色望著畫面沉默了一會，歪起頭來。

彷彿看見什麼不可思議的東西。

另一方面，〈樓閣〉的師生則顯得遠比無色更加震驚。

『——等一下～～～～～～～～～～～～～～～！』

並列坐在臺上的〈樓閣〉教師和臺下學生一同發出哀號，音量大得令會場的空氣為之震動。

「這、這是怎麼回事，〈庭園〉的！為什麼妳的名字會出現在畫面上！」

紫苑寺神色慌張，指著無色問。

「呃，這個嘛——」

無色自己也很困惑，但仍試圖回答對方的問題。這時希爾貝爾打斷了他。

『小彩——不，應該說久遠崎彩禍，上個月轉入〈庭園〉，因而具備參賽資格。』

「……什麼？」

紫苑寺一副無法理解的樣子，瞠目結舌。

『她的魔術師等級、戰鬥實績都是校內最高。從各方面來看，都很適合擔任〈庭園〉代表。』

「是沒錯啦！」

紫苑寺像個鬧彆扭的孩子，在臺上跺腳。

……希爾貝爾的說法固然有道理，但校外人士突然聽說這件事，還是會覺得莫名其妙。

「……黑衣。」

正當眾人備感困惑之際，無色悄聲向身後的黑衣搭話。

「怎麼了？」

「……呃，如果我記得沒錯，妳好像說過會私下處理參賽選手的事吧？」

「是的，所以我私下將彩禍大人安插進了參賽名單之中。」

「…………原來如此？」

無色忍住大叫「為什麼！」的衝動，以極其冷靜的口吻回道。身為彩禍，不該顯露出慌張或焦躁。

「姑且一問，為什麼選我為代表？」

「我已用盡一切手段，還是無法取消無色先生的參賽資格。」

「嗯。」

「所以我就將另一名學生剔除，改成了彩禍大人。」

「……可以剔除其他學生，為什麼沒辦法剔除無色？」

「這五名選手似乎有一定的優先順序。無色先生擁有打倒神話級滅亡因子的紀錄，無法剔除。」

「……原來如此。那為何偏偏選我出賽呢？」

聽見無色這麼問，黑衣得意地用鼻子哼了聲，回答道：

「無色先生雖然打倒了『她』，但魔術能力仍極不穩定。更何況對手還是〈樓閣〉的精銳，很可能一下子就被擊倒。」

「嗯……是沒錯。」

「若不安排一個強大的戰力填補無色先生的漏洞——我們豈不是會在交流戰中敗北？」

「——」

無色這才意識到一件事。

——黑衣這幾天都表現得對交流戰漠不關心，其實內心比誰都還想贏。

「………好可愛。」

無色雙頰泛紅，喃喃說了一聲。

「怎麼了？」

「沒有，沒事。」

他清了清喉嚨含糊帶過。這時紫苑寺終於搞清楚狀況，凶神惡煞似的瞪向無色。

「混、混帳，〈庭園〉的～～！還在想妳今年會耍什麼詐，沒想到竟然使出這種骯髒手段……！妳就這麼想在交流戰中勝出嗎～～～————！而且老夫現在才注意到，妳穿的是〈庭園〉的制服嗎～～～！竟然要這種小聰明～～！」

「咦？」

紫苑寺顫抖著手，惡狠狠地指著無色。他似乎認為彩禍是為了參加交流戰才會轉入〈庭園〉。

其他教師聞言也面露恐懼。

「有夠卑鄙……！妳才不是極彩魔女，應該改叫極惡魔女！」

「可惡……下流、太下流了～～～！」

「……呃，那個——」

這下誤會大了。

無色是基於其他原因才以彩禍的身分轉入〈庭園〉……但又沒辦法這樣向他們說明。他雙手抱胸，思考該怎麼做。

瑠璃彷彿察覺到無色的心事，迅速走上前。

「瑠璃——」

「這裡就交給我吧。」

她似乎有自信能夠平息眾怒。那背影讓無色深感安心，便點了頭將場子交給她。

然而——

「——我從剛剛聽到現在，請問你們到底在說什麼？明明是大人了，還在那裡囉哩囉唆。交流戰最大的目的，不正是在於提升魔術師的戰技嗎？難道說你們遇到自己無法應付的強大滅亡因子，也要抱怨對方卑鄙、犯規之類嗎？還真是一群可靠的魔術師呢。」

「妳、妳說什麼……！」

錯了，她不但沒有平息眾怒，還繼續激怒對方。

或許是因為他們剛剛把彩禍說得很難聽，惹怒了瑠璃，她的措辭比平常更犀利……老實說，無色聽完心裡也暢快了些。

不過她這段發言確實讓臺上的氣氛更加劍拔弩張。這樣下去不用等到明天的交流戰，現在就會展開一場生死格鬥。

這時——

「——失禮了。」

一道身影彷彿劃破空氣般現身——是黑衣。

「……妳是什麼人？」

「幸會，紫苑寺學園長。我是彩禍大人的侍從，名叫烏丸黑衣。」

黑衣畢恭畢敬地行了一禮，淡淡說道：

「〈樓閣〉的各位會感到慌張再正常不過……我本身也經常必須應付彩禍大人出的難題，所以明白各位的心情。」

「唔、唔……」

這般殷勤的問候削弱了紫苑寺的氣勢，他不禁苦悶地低吟。黑衣趁此機會接著說道：

「因此我方有項提議。」

「提議？」

「是的——事先規定彩禍大人只能在另外兩名學生出局時上場，並且只能使用第一顯現，各位覺得如何？」

「…………！」

聽見黑衣這麼說，紫苑寺瞪大雙眼。

「……妳是認真的嗎？」

「當然是——對吧，彩禍大人？」

黑衣望向無色，徵求同意。

既然黑衣這麼說，無色當然不可能有異議。他大大點頭，說了聲「對」。

「…………」

紫苑寺思考了一會，最後抬起頭來。

「……好吧。老夫不得不承認，不夜城說的確實有點道理。

——不過有個條件。」

「請說。」

無色說完，紫苑寺點了頭。

「請你們稍等十分鐘再介紹〈樓閣〉的參賽選手。」

「嗯……？」

聽見這令人不解的提議，無色瞄了黑衣一眼。黑衣微微頷首，像是在說「沒關係」。

「好，我方沒有意見。」

「……那麼典禮就暫停十分鐘再開始。」

紫苑寺話一說完，便帶著兩名心腹走下舞臺，消失在會場深處。

無色望著他們的背影，微微歪過頭。

「十分鐘……他們想做什麼呢？」

第二章

【快報】人家交到男朋友了！

「——應該是想更換選手，組成一支專門對抗彩禍大人的隊伍吧。」

黑衣低聲回道。無色摸著下巴說：「原來如此。」

接著——過了正好十分鐘之後。

『——接下來將介紹〈樓閣〉的參賽選手。』

紫苑寺等人尚未回到臺上，喇叭就傳來希爾貝爾的聲音。

『三年級的松葉武。』

「有！」

在這聲呼喚下，〈樓閣〉的男學生走上舞臺。渾厚的加油聲鼓舞著他。

然而，接下來才是問題所在。

『再來是代替三年級根岸翔參賽的——一年級的蘇芳哲牙。』

「——是！」

聽見這耳熟的名字和聲音，無色瞠目結舌。

他望了過去，只見剛才走下臺的〈樓閣〉教師蘇芳哲牙就站在那裡。

不——正確來說，他和剛才有點不一樣。

「…………咦？」

無色看見他的身影，露出呆愣的表情。

會有這種反應也無可厚非。因為那個滿身傷痕，年約三十五的粗獷男人，硬把自己塞進〈樓閣〉的制服中。制服尺寸明顯不合，背後還用封箱膠帶貼了起來。

不過他本人看起來一點都不在意，大大方方地來到參賽選手的位置。他將粗如樹幹的雙臂環抱在胸前，勉強維持原形的制服袖子發出撕裂聲。

「只要我發威，萬事都ＯＫ！」

蘇芳說著露出天真的笑容，風格和剛才截然不同。可能是在扮演自己想像中的「年輕」模樣吧。

『代替三年級新橋真子參賽的——一年級的佐伯若葉。』

「——哈囉～～！」

接著紫苑寺另一名心腹，佐伯若葉跳上了舞臺。

無色聽見介紹時就有股不祥的預感——她身上果然也穿著〈樓閣〉的女生制服。

「…………」

該怎麼說？像她這樣的熟女穿著緊身制服，形成一股有別於蘇芳的殺傷力。臺下議論紛紛：「嗚哇……」「總覺得好像來到什麼奇怪的店……」「穿成這樣反而很性感……」

但她本人不怎麼在意，露出裝可愛的眼神說：

「是說～～交流戰這種東西只有ＬＫＫ、櫻櫻美代子會參加好嗎？真的ＡＫＳ～～」

她說了一串聽不懂的話。這也是為了突顯年輕感嗎？無色搞不太清楚。

事情並未到此結束。希爾貝爾又喊出下一個名字。

『代替三年級桑染晴樹參賽的——一年級的紫苑寺曉星。』

「——嗨嗨～～！」

喊著現身的人和料想中一樣，正是〈樓閣〉的學園長，紫苑寺曉星。

他身上當然也穿著學生制服。

「我第一次參加這種活動……會全力以赴滴！」

「——為什麼是你們！」

站在無色面前的瑠璃出聲吐槽。她像是再也忍不住似的，指著〈樓閣〉的參賽學生（應該說自稱學生的老師）問道。

於是紫苑寺抬起下巴，露出得意的笑容。

「呵……有什麼問題嗎？我們三個確實是剛轉入〈樓閣〉的新鮮人。既然某人的歪理行得通，沒道理不准我們這麼做——妳應該不會罵我們卑鄙吧？」

紫苑寺等三人「呵呵呵……」笑了起來。最先上臺的那個普通學生有點被他們的氣勢嚇到，但仍努力配合他們。

……雖然這樣很胡來，然而他們做的事其實和〈庭園〉差不多。既然彩禍能參賽，就必須允許他們這麼做。無色冒著汗點了頭。

「好、好吧……這麼做確實沒有違反條件。既然你們想要如此，那麼我也不反對。只不過──」

「只不過什麼？」

「參賽選手應該要有五個人吧？剩下那個人呢？」

聽見無色這麼問，紫苑寺勾起嘴角。

「──問得好。最後一個人正是〈樓閣〉教師群的得意門生，是我們為了打倒〈庭園〉所培訓的最強刺客。」

「得意門生……？」

「沒錯，她的名字叫作──」

紫苑寺話還沒說完。

「──嘿咻！」

不知從何處傳來一道聲音，緊接著，坐滿學生的會場便冒出一個人影，躍上舞臺。

那個人在空中翻滾一圈後，擺出帥氣的姿勢落在舞臺上。

「……！妳是──」

無色看見那張臉，不由得瞠目。

第二章

【快報】人家交到男朋友了！

綁成雙馬尾的鮮豔頭髮、唇間露出的犬齒，以及大大小小的耳骨夾。

是的，出現在那兒的人正是MagiTube的當紅直播主克拉拉，鴇嶋喰良。

不過正確來說，她身上有一點和無色記憶中不同。

那就是她穿著和紫苑寺等人相同的制服。

「呼～～！總算找到妳了～～〈庭園〉的魔女大人——」

喰良緩緩抬起頭，凝視無色的雙眸。

「…………唔。」

無色微微皺了眉。因為她眼中的情緒明顯和面對「無色」時不同。

「——喰良？那是〈樓閣〉的制服……？」

瑠璃一臉驚訝地擠出聲音問。

這時就像說好似的，舞臺投影畫面中出現了「鴇嶋喰良」的名字和照片。

「——〈樓閣〉最後一名……選手，就是妳……？」

無色疑惑地說完，紫苑寺猛然張開雙手。

「沒錯，她就是〈樓閣〉的祕密武器！是個實力和不夜城瑠璃不相上下的人才……！」

喰良瞥了畫面一眼，語氣輕鬆地應了聲「對」。

「說起來的確有這麼回事。本來是為了偵察敵情才提前來到這裡。

不過這種事現在已經不重要了，重要的是——」

喰良拿起臺上的麥克風，用力指向無色。

接著以〈庭園〉和〈樓閣〉師生都能清楚聽見的音量，高聲宣布：

「——魔女大人！讓我們以無朽的女友之位為賭注，一決勝負吧！」

聽見這突如其來的一句話——

「…………什麼？」

當事人無色只能目瞪口呆。

第三章　【對決】魔女大人ＶＳ克拉拉，愛的三回合

人類歷史上最常見的創作題材有兩個。

一是「競爭」。

另一個是「戀愛」。

有史以來，人們總是醉心於熱血的英雄傳說，痴狂於美麗的愛情故事。

即使時代推移、技術革新、環境變革，這項興趣還是不曾改變。

這是當然的，因為這兩種快樂都源自人類生存、繁衍的根本需求。

人既然生活在團體中，就必須為了保護自己的生命、夥伴與財產而競爭，為了繁衍子孫而尋找結合的對象。

話雖如此，當然在現實中，這些事很難盡如人意。

然而——不，應該說正因如此，人們才會對此著迷。

著迷於「某人」振奮人心的英勇事蹟。

著迷於「某人」美麗甚或醜陋的戀愛故事。

活躍於檯面下世界的魔術師們也是人，當然也不例外。

兩名優秀魔術師以戀人為賭注的競賽兼具這兩項要素，因此不可能不引起轟動。

換言之——

「……這下麻煩了。」

「真的麻煩了。」

舉辦完歡迎〈樓閣〉師生的典禮後。

彩禍外型的無色和黑衣回到學園長室，板著臉對看。

哎，正確來說，板著臉的只有無色，黑衣還是一如既往面無表情，但感覺得出她應該很傷腦筋。

兩人之所以這麼苦惱，當然是因為喰良。

三十分鐘前，〈樓閣〉最後一名選手喰良出現在舞臺上，沒想到她竟公然向彩禍宣戰。

——而且還以無色女友之位為賭注。

「WeSPER上都在討論這個話題，甚至登上流行趨勢排行榜。」

「WeSPER？」

黑色看著手機畫面說完，無色微微歪過頭。

「這是一種魔術師專用的社群網站，和之前介紹的不同，可以將短文公開給不特定多數人看。」

黑衣說著便向無色展示畫面。在「極彩魔女ＶＳ克拉拉，展開愛的對決？」這篇貼文底下可以看到無數則留言……不愧是現代魔術師，懂得用現代化的方式來分享資訊。

「你當時為什麼不直接拒絕她呢？」

「……抱歉。」

聽見黑衣這麼問，無色以手扶額，哀號似的說了。

沒錯，當時在眾人愣住之際，喰良就自顧自地講下去，在大家還搞不清楚狀況時，這件事就拍板定案——至少觀眾是這麼認為的。

到頭來，儘管無色連一句具體的回應都沒說，這場競賽仍確定舉行。現在〈庭園〉上上下下都在討論這件事。

「……可是，如果我回答她『聽不懂妳在說什麼』，喰良可能真的會毫無顧忌地纏著無色……」

「或許……是這樣沒錯。」

黑衣輕聲嘆息。無色像是被她傳染，也嘆了口氣。

這狀況真是教人頭痛。喰良發起的偏偏還是「無色爭奪戰」……無色等於要自己爭奪自己。到底該怎麼辦才好？他的心境就像被人問了一道哲學問題。

無色思考著這些事時，黑衣像是想到什麼似的將視線移回他身上。

「不如這樣吧，可以對喰良小姐說『我和無色之間沒有妳介入的餘地』。只要讓大家認為你們是兩情相悅，喰良小姐就——」

「——這可不行！」

無色扯著嗓門打斷她。

看見她愣住的模樣，他才顫抖著肩回過神來。

「不好意思，突然大小聲，而且口氣也……」

「不，沒關係，就用你自在的方式說話吧，反正這裡只有我們倆。」

黑衣催促他說下去。無色微微低頭致歉後，接著說：

「……我現在用的是彩禍小姐的身體，對不知情的人來說，我說的話就等於彩禍小姐說的話。倘若我這麼說，喰良確實有可能死心。」

「可是——」無色握起拳頭。

「我能做的就只是守護彩禍小姐的肉身。忽視彩禍小姐本人的意思，代替她發言——是萬萬不可的事，尤其是在這種事情上。」

「…………」

聽見無色這麼說，黑衣沉默了一會後，深深嘆氣。

第三章

【對決】魔女大人VS克拉拉，愛的三回合

「也是，是我思慮不周。請原諒我。」

「……！不，我——」

無色張大眼睛。

因為表情有如面具的黑衣臉上出現了些微變化。

「黑衣……妳是不是笑了？」

「嗯？我有嗎？」

黑衣立刻變回平時的撲克臉，移開視線試圖糊弄過去。

但她很快就調整好心情，將臉轉了回來。

「——不過這樣一來，就必須思考對策。喰良小姐那番話在〈庭園〉和〈樓閣〉人盡皆知。當然，以彩禍大人的立場來說，雖然也可以無視她的挑釁——」

「——可是這麼做不符合彩禍小姐的作風……對吧？」

「沒錯。」

黑衣點頭，對無色的話表示贊同。

「所幸彩禍大人並未說出什麼具體言論。因此這件事就外人看來，就只是喰良小姐聽說無色先生喜歡彩禍大人而做出失控之舉，將彩禍大人捲入其中而已——不過既然有人下了戰帖，按彩禍大人的個性並不會避戰。」

「那麼——」黑衣繼續說道：

「——彩禍大人該做的就是表現出饒富興致的樣子，大方接受邀約，並且哼著歌輕輕鬆鬆將她打倒。無色先生的女友云云就只是喰良小姐在自說自話，沒人規定贏家一定要照她說的做。彩禍大人只是接受別人提出的挑戰而已。

但這是喰良小姐自己提出的對決。一旦在眾人面前敗北，應該就會對無色先生死心。」

「……原來如此——」

無色點頭表示理解，倏地從椅子上站了起來。

「這麼做——才像『我』。」

他望著房內全身鏡中的身影，用彩禍的口吻說。

黑衣也頷首同意。

「……不過跟別人爭奪自己，感覺挺莫名其妙的。」

「這一點就用不著說了。」

黑衣瞇著眼說完，再度滑起手機。

「為了迎接明天的交流戰，〈庭園〉正在舉行前夜祭——喰良小姐設置了一座與彩禍大人對決專用的舞臺。她做事一板一眼，還事先借用了我們學園的多功能展演廳。」

「哎呀，她還真性急。都沒想到我有可能拒絕嗎？」

「可能沒想那麼多，或者認為做到這個地步，彩禍大人就不得不答應……無論如何，她都是個棘手的對手。不過——」

「——嗯，走吧，黑衣。讓我們理所當然地打贏這場仗，凱旋歸來。不論是怎樣的戰鬥，久遠崎彩禍都不會逃亡或敗北的。」

「是，請讓我隨侍您左右。」

聽完無色的話，黑衣滿意地點頭，走向學園長室最裡面那扇門。

這裡是中央校舍頂樓，門又設在大樓邊緣的牆面上，照理說一踏出門就會從高空摔落。設置得如此異常，簡直像是建築發包者的玩笑、安裝者的失誤，甚或是將開門者引入地獄的陷阱。

然而黑衣轉動門把將門打開後，映入眼簾的並非高空，而是另一個完全不同的空間。

「您先請。」

「好。」

無色照黑衣說的，緩步穿越那扇門。黑衣緊跟在後，磅地將門關上。

——兩人來到位於〈庭園〉西部區域的多功能展演廳。

最裡面是舞臺，舞臺前方是扇形觀眾席。

觀眾席已坐滿了人，全都穿著〈庭園〉或〈樓閣〉的制服。

所有人都注視著臺上——

『好的～～！歡迎各位蒞臨。在魔女大人到場之前，就由本小姐來暖場吧～～』

站在那兒的，正是備受熱議的魔術師，鴇嶋喰良。

喰良手握麥克風，以歡快的語氣炒熱現場氣氛。仔細一看，空中還飄浮著長了翅膀的手機，和討伐〈史萊姆〉的時候一樣。看來她正在直播。

這時——

『——哎呀？』

喰良突然瞪大眼睛。

想都不用想就知道原因為何。

因為喰良和無色正巧對上了眼。

喰良面露賊笑，做出誇張的動作，將眾人的視線引導至無色身上。

『——各位請看門口！〈空隙庭園〉的學園長，世界最強魔術師！久遠崎彩禍大人進場了！』

「「…………！」」

聽見喰良這麼說，觀眾一同望向無色——全場掌聲四起、歡聲雷動。

無色有一瞬間被這樣的氣氛嚇到，但仍不忘繼續扮演彩禍，露出遊刃有餘的笑容向眾人揮了揮手。

他慢悠悠地穿越觀眾席中間的走道，走向舞臺。

「——魔女大人！」

就在他即將步上舞臺之際。

一道熟悉的聲音傳來，無色望向聲音來處。

「哦？是瑠璃。緋純也來啦。妳們來觀賽嗎？」

對，那兩個人正是瑠璃和緋純。她們坐在第一排，神情顯得惶惶不安。

「是的。那個叫喰良的女人……光是自稱我哥的女友還不夠，竟然把魔女大人也捲入其中……！如果可以，我真想揍扁她……但她單挑的對象是您，我不能奪走您出戰的機會。」

瑠璃握著發顫的拳頭，激動地說：

「……請您一定要給那個無禮的女人一點顏色瞧瞧。」

「哈哈，這責任還真是重大。哎，我會加油的。」

無色以恰到好處的輕鬆語氣回應。他有自信彩禍在面對這種場合時一定會這麼說。

這確實很符合彩禍在瑠璃心中的形象。她雖然眉頭深鎖，仍點頭表示信任。

「——對了，魔女大人。」

「怎麼了？」

「以我哥的女友之位為賭注這件事，應該是喰良在自說自話吧？」

瑠璃臉上帶著99％的信任和1％的擔憂，如此問道。

無色有一瞬間不知如何回答，但仍對她點點頭。

「……嗯，沒錯。她不知為何以為只要打贏我就能和無色交往。」

「我就說嘛！魔女大人怎麼可能喜歡我哥呢！」

聽見無色這麼說，瑠璃的表情一下子亮了起來。

「…………」

……無色早已料到會有這種狀況，試圖在這一點上妥協，然而實際聽見別人這麼說還是有些心酸。他努力不讓臉上的笑容消失，給了個不置可否的回應。

這時，走道另一側的座位傳來帶著笑意的聲音。

「——呵呵呵，要給她顏色瞧瞧啊？妳真的辦得到嗎？」

坐在那兒的是身穿〈樓閣〉制服，留著白髮白鬚的老翁。

具備這些特徵的只有一個人，那就是〈樓閣〉學園長、剛入學的新鮮人，紫苑寺曉星。

仔細一看，同一排還坐著身穿緊繃制服的蘇芳哲牙和佐伯若葉。

「紫苑寺老爺子，你們也在啊。而且那身制服竟然還沒換掉。」

「什麼叫『還沒換掉』？我們是〈樓閣〉的學生，當然得穿這樣。」

第三章
【對決】魔女大人ＶＳ克拉拉，愛的三回合

「喔，呃，是沒錯啦。」

「而且身為新生，當然要到場支持鴇嶋鞋姊啊。」

「鞋姊。」

「聽說最近的學生都是這麼稱呼前輩的。」

紫苑寺歪了歪頭，像是在問：「不是嗎？」

的確有人這樣半開玩笑地叫學姊，但垂垂老矣的紳士感覺不適合這麼說。

坐在另一側的瑠璃聽見他們的對話，扯著嗓門說：

「……話說，紫苑寺學園長，您就放任她那樣為所欲為嗎？這麼做實在很胡來。」

「沒問題，我們〈樓閣〉尊重學生的自主權。」

「……真心話是？」

「那女孩就像一串會自燃的鞭炮，就算提醒她，她也不會照做；而且能在交流戰前稍微消耗〈庭園〉的戰力，再好不過——」

「…………」

「——啊。」

紫苑寺肩膀顫抖了一下，垂下視線。

「不愧是不夜城鞋姊，竟然能套出我的話。」

「呃……我什麼都沒做……」

瑠璃臉上流著冷汗說道……看來〈樓閣〉的人對喰良也感到很頭大。

不過，無色可不能因為這樣就舉手投降。

——因為他現在不是玖珂無色，而是肩負〈庭園〉名聲的久遠崎彩禍。

「…………」

無色下定決心領著黑衣走上舞臺，和舞臺上的喰良面對面站立。

「呵呵呵……妳來啦，魔女大人。

……其實，我本來有點擔心如果妳無視我該怎麼辦，真的很感謝妳來。坦白說，多虧妳接受了。」

喰良臉上露出自信的笑容，但後半段說得很小聲。這女孩雖然很愛給人添麻煩，不過這種個性莫名教人討厭不起來。

「——話雖如此，對決還是要進行！本小姐要贏過魔女大人，將無朽的心搶過來！」

喰良說著用力指向無色。

至少在〈庭園〉之中沒有一個學生敢這樣對極彩魔女說話。儘管這樣有好有壞，喰良確實是個很有膽量的人。

「…………」

第三章

【對決】魔女大人ＶＳ克拉拉，愛的三回合

無色對站在身後的黑衣使了個眼色。

黑衣明白他的意思，朝他點頭。

無色微微一笑，再度面向喰良，高聲宣布：

「呵呵，好啊。無論基於什麼理由開戰，我都不會臨陣脫逃——我要將妳擊垮，取得成為無色女友的資格。」

聽見無色這麼說，全場觀眾一下子興奮起來。

這話當然不是認真的（雖然無色個人希望是認真的）。

不過，倘若彩禍被捲入這樣的狀況——無色認為她「最有可能」做的，就是像這樣附和對方，炒熱現場氣氛。

然後輕鬆擊垮對方，對獎品不屑一顧，說聲「真是場愉快的戰鬥」就瀟灑離去。

無色深信這就是「久遠崎彩禍」處理這種事的方式。

黑衣也表示同意，可見她的想法和無色一樣。而坐在觀眾席第一排默默守護無色的瑠璃，看起來也不怎麼驚訝。

她甚至流露出老神在在的態度，彷彿會向坐在自己隔壁顯得震驚不已的緋純說明：「呵呵，緋純別緊張，魔女大人只是在挑釁對方。」無色並未真的聽見她的聲音，但確信她會這麼說。還好他們倆對彩禍的理解很一致。

然而無色對面的喰良卻一臉錯愕，像是在說：「咦，難道魔女大人真的對無朽……？」

看來她對彩禍認識得還不夠深。

「——那要比什麼？模擬戰嗎？顯現術式可以用到第幾階？」

「等、等、等等。」

聽見無色這麼問，喰良焦急地攤開手說：

「請等一下，模擬戰留到明天正式比賽再說嘛。討厭～～魔女大人真愛開～～玩笑☆」

說著還滑稽地做了個裝可愛的動作。

不過喰良其實緊張得滿頭大汗。

她當然沒有信心能在一對一的模擬戰中贏過彩禍。

「不然要比什麼？」

「這個嘛——」

『——兩位請稍等，接下來就由我來主持吧。』

喰良話還沒說完，舞臺中央就發出亮光，從中走出一名少女。

她是〈庭園〉的管理ＡＩ，希爾貝爾。

「嗚哇！嚇我一跳！這不是ＡＩ大姊嗎？」

「——希爾貝爾？」

第三章

【對決】魔女大人ＶＳ克拉拉，愛的三回合

『討厭～～小彩真是的，像平常一樣叫我姊姊就好♡』

希爾貝爾聽見無色喊她的名字，鬧彆扭似的擺動身體，豐滿的胸部隨著動作左右搖晃。臺下隨即傳來「喔喔……」的讚嘆聲。

聽黑衣說這個ＡＩ對於「姊姊」的身分異常堅持，看來連在彩禍面前也不例外。

「小彩……」

無色複誦了一次，回味這美妙的暱稱。

……原來還有這招。

他從未想過彩禍也可以當人家的妹妹，這項萌要素令他心跳加速。

然而心跳過快，很可能會變回無色的模樣。因此他做了幾個深呼吸讓心跳穩定下來後，才轉向希爾貝爾。

「嗯，也是，姊姊──話說，妳究竟為什麼會在這裡？」

『既然要比賽，就需要一個立場公正的人來制定規則吧？所以當然就輪到國民姊姊希爾貝爾出場嘍。還是說小彩，妳想參加小喰決定的項目？』

希爾貝爾歪了歪頭問道。小喰似乎是她替喰良取的暱稱。

「嗯……」

她說的確實有道理。既然要比賽，就需要主持人和裁判。如果讓喰良決定要比什麼，她

肯定會挑對自己有利的項目。

不過順從地表示同意並不符合彩禍的作風。無色露出自信的微笑。

「由她來決定，我也沒差。」

『呵呵呵，小彩的態度好瀟灑，我好喜歡。』

『但是——』希爾貝爾接著說：

『我身為守護〈庭園〉的國民姊姊，可不能容忍不公平的賽事。小喰，妳也同意讓我介入吧？』

「啊～～好的，麻煩妳了。畢竟在公平的規則下取得勝利，才是真正的勝利——絕對不是因為本小姐沒想過具體的比賽方式喔。一切都是出於公平競爭的精神。」

喰良再三強調，令觀眾不禁發笑。

『——好的，那麼就由不才希爾貝爾來主持小彩和小喰的對決。妳們都是我可愛的妹妹，讓我很為難，所以呢，輸的人可以得到我的摸頭安慰。』

希爾貝爾說著溫柔地微笑。喰良雖是〈樓閣〉的學生，看來希爾貝爾的姊姊濾鏡在她身上依然有效。

『好，那麼事不宜遲，我來說明規則。

共有三個回合，全部比完之後積分較高的一方獲勝。

第三章

【對決】魔女大人ＶＳ克拉拉，愛的三回合

第一場比賽是——想抓住他的心，先抓住他的胃！終極料理對決～～！』

希爾貝爾宣布完，登時響起震撼人心的音效，舞臺上也投影出文字。真不愧是ＡＩ，設備的運用相當到位。

「料理對決……？」

『是的。從前人們就說，在男女關係中能抓住對方胃袋的人是最強的。會下廚遮三醜。請小彩和小喰在比賽中展現妳們的廚藝。』

「嗯……那妳打算怎麼評分呢？」

聽見無色這麼問，希爾貝爾大大點頭後說：

『會請客座評審來評分。』

「客座評審？」

『就是小無。』

「——噗呼！」

無色聞言，猛然嗆咳起來。彩禍這副罕見的模樣引發觀眾一陣騷動，身後的黑衣也瞪了過來。

然而，會有這種反應無可厚非，畢竟無色正以彩禍的模樣站在舞臺上。這場比賽的目的既然是要爭奪無色，請他來當評審確實最妥當，可是……

喰良錯誤解讀無色的反應，露出自信的笑容。

「唔呵呵，怎麼啦，魔女大人？請無杇來當評審有什麼問題嗎？難道妳對自己的廚藝沒有自信？」

「當然不是……」

無色面有難色地含糊帶過，接著壓低聲音詢問身後的黑衣：

「……黑衣，這種事辦得到嗎？」

「只要在做完菜之後立刻進行存在變換，應該辦得到。

……不過這樣就違背希爾貝爾的意圖，實在不公平。」

說著有些不服氣地皺起眉頭。

無色剛剛也注意到她對「勝利」這件事似乎意外執著。按她的個性，可能是想正正當當迎戰對手吧。

無色為了扮演彩禍做了很多功課，沒想到時至今日還能看見她新的一面，真是個高深莫測的人，太可愛了。

「嗯……也是。無色吃了我做的菜，應該會覺得加倍好吃，這樣對喰良太不利了。」

「咦，您是這麼想的嗎？」

「嗯？不然妳是怎麼想的？」

「……選手若身兼裁判就能恣意決定勝負，這樣比賽結果不就和廚藝好壞無關了嗎？」

無色聽完黑衣的話，瞪大眼睛。

「原來還有這種觀點啊，妳是天才嗎？」

「我才想問您為什麼沒想到。」

「『我親手做的料理』這個字眼太衝擊了，我滿腦子都被它占據……」

「…………」

黑衣露出傻眼的表情後，點頭說道：「好吧，那就勞煩您了。」

『──那麼，我這就來布置會場。』

希爾貝爾認定她們皆已同意，便彈了一下手指。立體影像當然無法像真人一樣彈指，但喇叭傳來栩栩如生的音效，響遍整座會場。

於是舞臺地板隨即出現裂痕，地面下有某種東西升了上來。

「……唔，這是──」

這突然的一幕令無色微微皺眉。

舞臺上轉眼間出現兩套齊全的廚房設備，以及放滿各種食材的櫃子。

「嗚哇～～！這也太酷了吧！」

喰良扭動身體，眼睛閃閃發亮。飄浮在空中的手機隨著她的動作飛來飛去，將食材全部拍了一遍。不知道它是靠什麼原理運作的。

希爾貝爾看見她的反應後，志得意滿地挺起胸膛。

『我料到會有這種狀況，所以預先準備了這些食材和設備，兩位可以自由使用。還有圍裙喔，請務必穿上。』

說著指了指檯面。就像她說的，那裡有兩件整齊疊放的圍裙。

「哦，真不錯。這種小東西能讓畫面變得更好看。」

喰良開心地說著，穿上了圍裙。她的圍裙上畫著一個融合貓與骷髏元素的奇妙圖案。仔細一看，她的髮飾上也有同樣的角色。

另一方面，無色的圍裙上則寫著「極彩」兩個字，此外整件圍裙也呈現五彩繽紛的顏色……希爾貝爾似乎是按照兩人的特質挑選適合她們的圍裙，但彩禍的風格顯然更為獨特，甚至有點超現實。

『那麼，兩位準備好了嗎？

主題是「小無會喜歡的一道菜」，限時六十分鐘。

那麼——比賽開始！』

希爾貝爾比出手槍手勢，「砰！」的音效響遍全場。

「咻呼～～！先搶先贏～～！」

第三章

【對決】魔女大人ＶＳ克拉拉，愛的三回合

喰良瞬間蹬地，衝向食材堆放處。接著拿起放置在那兒的菜籃，抓到什麼就往裡頭塞。

不知道她是想把食材全部搶光，減少彩禍的選項，還是真的打算用到這麼多食材。現階段還不知道她的策略是什麼，但身為待會的評審，無色真心希望不是後者。

「唔……」

幾秒鐘之後，無色也拿起菜籃，佇立在食材堆放處前。

——順帶一提，雖然和這場對決無關，無色不由得心想，自己身穿圍裙拿著菜籃走來走去的模樣應該很像一名新婚妻子。他決定等會一定要看克拉拉頻道的直播記錄檔確認一下。

「……不對、不對。」

現在不是想這種事的時候。無色搖搖頭，克制自己。

他現在在眾人眼中就是彩禍。比起輸贏，更重要的是不能顯露醜態，降低大家對彩禍的評價。

若問做菜失敗的笨拙彩禍怎麼樣，他當然覺得也很棒——不過現在還是先別想這個比較好。

「我想想……這樣的話，做那個好了。」

無色喃喃自語完，將食材放進菜籃。

「……糟糕了。」

坐在觀眾席第一排的瑠璃愁容滿面地低聲哀號。

「什麼事糟糕了呢？」

坐在她隔壁的緋純歪過頭問。瑠璃仍緊盯著舞臺說：

「……比賽項目。如果比的是魔術，世上沒有人能贏過魔女大人——可是魔女大人平常很少自己下廚。」

「咦，那不就……！」

「……對。然而喰良卻自信滿滿，說不定她其實很會做菜——」

「呵呵呵……哈～～哈、哈！」

瑠璃臉上流著冷汗說完，走道另一側的紫苑寺便猖狂地笑了起來。

「原來如此啊，沒想到〈庭園〉的還有這樣一項弱點。老夫就搶在明天正式比賽前，先拜見一下她敗北的模樣吧。」

「唔——」

見他一副贏定了的樣子，瑠璃面露不甘。

然而——

極彩
Choco
SYRUP

『——哦，小彩進入了料理環節。刀法很俐落呢。她將馬鈴薯削皮，切成四塊——還不忘把邊角削圓！一個簡單的動作，卻會大大影響成果呢～』

下一刻，希爾貝爾的播報聲響起，紫苑寺的笑容隨即僵住。

「什麼——？」

「咦？」

瑠璃看得目瞪口呆，接著喰良也說話了。

「呵——妳挺行的嘛，魔女大人！不過本小姐也不差！嘿咻！祕技．八岐大蛇！」

喰良說著便將雙臂交叉在胸前。

她的指縫夾著各種罐裝香料和調味料，數量剛好八瓶。粉末隨著她的動作在空中飄散。

「哈……哈～啾！哈～～啾！」

『哎呀，小喰，妳會不會加太多了？不過這樣冒冒失失的也很有妹妹感，很可愛！』

喰良的噴嚏和希爾貝爾的播報惹得觀眾哄堂大笑。

「……呃——」

「…………」

瑠璃皺著眉望向紫苑寺，只見他抱頭縮成一團。

瑠璃還算仁慈，裝作沒看到，放他一馬，若無其事地將視線移回舞臺上。

「好像……沒問題呢，魔女大人看來會做菜。」

緋純鬆了口氣說道。

瑠璃卻露出認真的眼神，摸了摸下巴。

「是啊……真是讓人喜出望外。不過這樣又衍生出一個大問題。」

「大、大問題……？什麼問題──」

緋純屏住氣息緊張地問了。

瑠璃一臉嚴肅地回答：

「到底是『私底下其實很會做菜的全能魔女大人』比較好，還是『做事全力以赴、默默練習的魔女大人』比較好呢……這兩種解釋感覺都成立……」

「……我有時候真羨慕妳這種個性。」

聽見瑠璃煞有介事地這麼說，緋純虛脫地低喃。

「──好，完成。」

「本小姐也做完了！」

就在無色和喰良說話的同時。

宣告時間終止的鈴聲也響遍全場。

『——辛苦了，小彩、小喰。看見妳們這麼拚命，姊姊忍不住熱淚盈眶。

那麼，趕緊在料理冷掉前請人來評分吧——小無？』

希爾貝爾高聲呼喚無色。

不用說，無色當然沒辦法回答。

他默默從口袋中拿出手機，抵在耳朵上。

「——喂？……喔，這樣啊，知道了，我馬上過去。」

無色假裝講完電話後，對希爾貝爾和喰良說：

「抱歉，我臨時有事要辦，很快就回來，妳們先開始評分吧。」

「有事要辦？發生什麼事了嗎？」

「是啊。如果我不過去，全世界可能會陷入危機。」

「原來是這麼嚴重的事嗎！」

無色信口胡謅了一下，喰良聞言發出驚呼。無色對她揮了揮手。

「對，非常嚴重。處理這件事——大概要花二十分鐘吧。

不過我不在場，無色或許更能夠冷靜地做出判斷。」

他半開玩笑這麼說。

第三章

【對決】魔女大人ＶＳ克拉拉，愛的三回合

於是喰良冒著汗，吹了聲口哨。

「咻……魔女大人，妳未免也太帥了吧。」

無色只是隨便找些藉口，喰良似乎就解讀成他在挑釁。這下就算彩禍離席，大家也不會覺得太奇怪。

「那麼，我先失陪了——黑衣，跟我來。」

「是。」

無色呼喚黑衣，兩人一同走向後臺。

接著，數十秒之後。

「…………」

玖珂無色恢復成本來的樣貌，跟在黑衣身後怯怯地從後臺走了出來。

是的，他隱身至後臺還不到一分鐘就成功引起存在變換，從彩禍模式切換為無色模式。速度快到連自己都有點難為情。

……不過他還是覺得黑衣太犯規，竟然將他逼到牆邊，在他耳邊呢喃：「告訴你我都怎麼穿內衣的吧。」那樣講誰受得了？如果這是一場正式的比賽，她早就被判違規了。無色還可以要求錄音，以供調查。

「呀～～！我好想你喔，無朽♡你剛才有沒有看見本小姐的英姿～～？」

無色現身的瞬間，喰良立刻對他投以飛吻。無色苦笑著朝她微微揮手。

觀眾席傳來一陣噓聲，但事到如今無色已不太在意。硬要說的話，坐在第一排目光殺氣騰騰的瑠璃還比較可怕。

『好的，那麼小無，這邊請坐。』

希爾貝爾邊說邊催促無色入座。

無色照她說的，坐在廚房設備後方突然出現的椅子上。

『那麼，讓我們進入評分環節。請先品嘗第一位選手——小彩的料理！』

希爾貝爾猛地舉起手。

黑衣隨即端著一道用銀色蓋子罩住的料理走了出來。

「彩禍大人不在，因此由我代為上菜。」

黑衣說著便將盤子放在無色面前的桌上，伸手掀開蓋子。

同一時間，會場響起打鼓的音效。

「請用。」

黑衣掀起蓋子之際，聚光燈全打在那道料理上，使其看起來閃閃發亮。

那是——無色精心製作的「馬鈴薯燉肉」。

『竟然是馬鈴薯燉肉！馬鈴薯燉肉！這道媽媽味料理，堪稱戀人手作料理排行榜的萬年冠軍！沒想到小彩會做這麼樸實的料理！究竟這會引起鄉愁的懷念好滋味，能不能攻陷小無的心呢！』

希爾貝爾滔滔不絕地炒熱氣氛。

「呃……那我就開動了。」

無色雙手合十說完，便拿起筷子將馬鈴薯燉肉送入口中。

調味溫和，醬汁香氣濃郁，每樣食材都燉得柔軟、入味但仍保持原形——不用說，味道當然和他想的一模一樣。

不過這不是現在的重點。

沒錯，重點在於這道菜是彩禍親手做的。

雖然挑選食材和製作的人都是無色，然而並不是，在他心中不是這麼回事。想像力可以改變認知。這些事確實是由彩禍的身體所為，對無色而言這樣就夠了。

「啊——」

無色感動萬分，不自覺流下熱淚。

「…………好好吃——」

『好吃！小無吃了！竟然還感動落淚！不愧是小彩！不僅是最強魔術師，連料理也很在行！』

希爾貝爾大聲宣傳，觀眾席傳來「魔女大人好強～～！」之類的歡呼與掌聲。黑衣仍是那張撲克臉，看起來卻有些高興。好可愛。

「呼——」

喰良看見眾人的反應後，得意地勾起嘴角。

「不愧是魔女大人，真是個可敬的對手。不過本小姐可不會輸給妳。」

她自信滿滿地說完，端起罩著銀色蓋子的盤子，猛地放在無色面前的桌上。

「…………」

無色微微抽了口氣。

他剛才做菜時一直專注在自己的料理上，不清楚喰良做了什麼。

「看好了！這就是本小姐做的料理！」

喰良以誇張的動作掀開蓋子。

可能是希爾貝爾播放的特效，閃電劈哩啪啦亮起，盤子瞬間被光籠罩。

幾秒之後，無色終於看到那道料理。

那是——看似將許多食材燉煮在一起的濃稠不明物體。

「這、這是……」

「馬鈴薯燉肉。」

第三章

【對決】魔女大人ＶＳ克拉拉，愛的三回合

「……咦！」

聽見喰良這麼說，無色發出驚呼。

喰良似乎誤解了無色的反應，雙手抱胸深深點頭。

「哎呀～～我懂、我懂。你很意外對吧？本小姐也沒料到自己會和魔女大人用同樣的料理一決勝負，或許是英雄所見略同吧。」

「…………」

令無色驚訝的不是這個，但是看喰良這麼有自信，無色也不好意思對她說出真心話，只好委婉地說：

「呃……這道料理看起來真特別……」

「啊，你發現啦？我在『外觀』上下了點工夫。畢竟料理其實也算是一種作品嘛。」

「……主題是？」

「『夢想』──之類的吧。」

「…………」

見喰良沾沾自喜地這麼說，無色不禁冒出冷汗。

不知怎地，他的手就是動不了。就像是出於生物本能，拒絕攝取眼前的物質一般。

不過，看見無色望著眼前的料理一動也不動，喰良似乎誤會了什麼，拍了一下手後拿起

湯匙。

「討厭，無朽老是愛撒嬌——來，啊～～♡」

說完便舀起一匙馬鈴薯燉肉，遞到無色面前。各種香料混雜在一起的獨特香氣刺激無色的鼻腔。

坦白說，他實在不願意吃，但身為評審又不能不吃。最後儘管全身不停顫抖，仍下定決心張開嘴巴。

「嘿咻☆」

接著喰良毫不猶豫地將湯匙塞進他嘴裡。

「…………唔！」

一股又甜又苦又辛辣的奇妙滋味在舌尖上擴散，強烈的刺激性氣味使他差點嗆到。

無色勉強知道進到嘴裡的是像肉塊的東西，但沒有勇氣咬下去。他盡可能不品嘗味道，整口吞下。

「呼……！呼……！……」

「怎麼樣，無朽！好吃吧！」

喰良眼睛閃閃發亮地問。

無色的肩膀上下起伏，上氣不接下氣，好不容易才發出聲音。

第三章

【對決】魔女大人ＶＳ克拉拉，愛的三回合

「……………了……」

「什麼？」

「……彩禍小姐……贏了……」

無色滿頭大汗說完，希爾貝爾興奮地叫道：

『——勝負已定！第一場比賽由小彩獲勝！搶先獲得一分！』

她用力舉起手，示意彩禍那一方獲勝。

由於彩禍不在現場，聚光燈便打在代理人黑衣身上。真是個奇妙的巧合，繞了一圈最後受表揚的竟還是她本人。

『辛苦了。決定勝負的關鍵是什麼呢，小無？』

「……彩禍小姐讓我認知到『普通』的可貴。」

『原來如此，真是深奧。』

希爾貝爾不知有沒有聽懂無色說的話，雙手抱胸，連連點頭。

一旁的喰良則疑惑地歪起頭。

「嗯～～？奇怪了～～本小姐明明豪邁地加了很多頂級調味料啊……」

「頂級調味料……？」

「就是『愛』啦，呵呵♪」

喰良說著紅了臉頰。

「…………」

……原來愛的滋味是又甜又苦又辛辣。

無色覺得自己好像變成熟了一些。

◇

「……這些人到底在幹嘛？」

〈庭園〉教師安維耶特．斯凡納坐在中央校舍的學生餐廳盯著手機畫面，不解地皺眉。

他是個年約二十五六歲的男子，有著梳成辮子的長髮和褐色肌膚，以及猛獸般的雙眸。

身穿高級襯衫、背心與長褲，衣著雖然十分有品味，卻戴著過分華麗的金色首飾。

今天要舉行〈樓閣〉師生的迎賓典禮與前夜祭，因此一般課程全部暫停。

安維耶特還有其他工作要做，未出席典禮，但仍聽說了典禮上發生的那起「事件」。

據說〈庭園〉學園長久遠崎彩禍和〈樓閣〉的女學生為了爭奪一名男學生而展開決鬥。

聽起來荒謬至極。老實說，安維耶特原本還半信半疑——

『——好的，緊接著進行第二場比賽。究竟是已經取得一勝的小彩會乘勝追擊呢？還是小喰會發憤逆轉呢？真是精采得教人目不轉睛。』

「…………」

安維耶特聽著手機裡傳來的播報聲，搔了搔臉頰。

MagiTube上竟然看得到該場賽事的直播。

放眼整間餐廳，那些擠不進展演廳的學生正和安維耶特一樣，用手機或平板收看直播，真正在吃飯的人還比較少。

實際上，畫面下方的觀看人數也達到史無前例的高峰。彩禍自不用說，她的對手似乎也是個知名直播主。

「……蠢斃了。」

安維耶特瞇著眼關掉MagiTube，將手機塞進口袋。他無法容忍自己收看這樣的直播。

他還有事要做，趕緊咬了口自己點的總匯三明治，咀嚼後嚥下。

然而——

「——咦，真的假的！」

「第二場比的竟然是這個……！」

聽見周圍看直播的學生們七嘴八舌，他的耳朵不由得敏感地動了動。

「到底誰會贏呢……？」

「話說這個播出去真的沒問題嗎……？」

「眼、眼睛都不敢眨一下……」

「…………」

……安維耶特越來越在意。

他不悅地咂嘴，拿出剛收進口袋的手機，正準備點開MagiTube的圖示。

「哦，你在這兒啊，安維耶特，找你好久了。」

「——唔！」

然而，這時突然有人向他搭話，嚇得他整個人失去平衡，手機從手裡飛了出去。他手忙腳亂地想接住手機，動作像在跳奇怪的舞。

「你在做什麼？」

聲音的主人——艾爾露卡．弗烈拉見狀，瞇著眼問。安維耶特好不容易在手機落地前一刻接住它，惡狠狠地瞪了艾爾露卡一眼。

「少、少囉嗦，不要突然叫我！不是妳想的那樣，我才沒有要看直播，只是要確認工作行程而已！」

「我又沒問這個。」

「唔……！」

安維耶特懊惱地呻吟一聲，將身體挪回來，面向對方。

「……找我有什麼事，艾爾露卡？」

「嗯？啊，對了。」

艾爾露卡聞言猛然想起來意，微微點頭。

「——我有件事想拜託你。」

「呵！要是我拒絕呢？」

安維耶特撂狠話似的說完，皺起眉頭。

然而艾爾露卡卻疑惑地歪過頭。

「嗯？你會拒絕嗎？」

她直直盯著安維耶特這麼問。

表情就像是打從心底信任安維耶特，認為他沒有特殊理由不會拒絕自己的請託。

「…………………嘖！」

……正因為這樣，他才討厭這些上了年紀的魔術師。

安維耶特煩躁地咂嘴後動了動下巴，示意艾爾露卡說下去。

◇

第三章

【對決】魔女大人ＶＳ克拉拉，愛的三回合

『第二場比賽是——自我推銷大對決！』

第一回合分出勝負後。

希爾貝爾站在舞臺中央，面向觀眾席如此宣布。

順帶一提，喰良的手機就飄浮在她面前。或許是因為雙方都是機器，合作起來果然很有默契。

「自我推銷……？」

無色不解地歪過頭，希爾貝爾便精神奕奕地回了聲：『沒錯！』

『心有靈犀的關係很美妙，但有些心情還是必須用話語或態度表達出來。因此！請小彩和小喰依序表達心中對小無的愛慕之情。

限時五分鐘。如果需要什麼道具，我這邊會準備。

小無，請判斷哪一方的表白比較讓你心跳加速。』

「原、原來如此……」

……無色喜歡的是彩禍，這樣不會比第一回合更不公平嗎？

無色冒著汗思考時，喰良舉起右手。

「這邊這邊～～小希姊姊，我有問題。」

『好的，小喰請說。』

「推銷方式沒有限制，對吧？」

『對，這部分請兩位自由發揮。請用自己擅長的方式向小無表達愛意。』

「這樣啊……所以讓無朽比較心動的那一方獲勝是嗎？」

『是的。』

「哦～～……」

聽見希爾貝爾的回答，喰良舔了舔嘴唇。

「…………！」

無色看見那嫵媚的表情，肩膀不禁顫動。他不知為何感受到一股危險氣息。

然而，希爾貝爾不知是沒注意到喰良的反應還是選擇忽視，逕自拍了手。

於是配合她的動作，舞臺上的廚房設備和食材櫃隨即沉入地下。

『那麼，第一回合由小彩先攻，這次就從小喰開始吧——妳需要什麼道具嗎？』

「嗯～～我想想。那我要——」

喰良做了個思考的動作後，湊到希爾貝爾耳邊竊竊私語。希爾貝爾是立體影像，所以應該是透過其他地方收音，但她仍頻頻點頭。

『了解，我這就為妳準備。』

第三章

【對決】魔女大人ＶＳ克拉拉，愛的三回合

希爾貝爾說完，彈了一下手指。

接著地下便升起一張三人座的大沙發。

『這樣可以嗎？』

「嗯，太完美了。不愧是小希姊姊。」

『嘿嘿嘿。』

被喰良這麼一稱讚，希爾貝爾開心地紅了臉頰，模樣有點可愛。

「來吧，無朽。本小姐的自我推銷要開始了，請你站在那邊。」

喰良說著伸手指向剛才出現的那張沙發。

「呃……」

無色莫名感到不安，但仍按照指示站在沙發前。

『——好，那麼就由小喰先推銷自己。

限時五分鐘。預備～～——開始！』

希爾貝爾說完，鈴聲登時響起。

舞臺後方投影出時間，並且正在一點一點變少。

「唔呵呵，那麼，讓我們開始吧。」

喰良走到無色面前，臉泛紅暈地說：

「無朽——我們雖然剛認識不久，但本小姐真的、真的好喜歡你喔……」

觀眾聽見那嬌滴滴的聲音，不由得發出「「喔喔……！」」的感嘆聲，以及「「嗚哇～～～……！」」的哀嘆聲。

然而，喰良像是沒聽見這些聲音似的——沒錯，就像這個空間只有自己和無色兩個人似的，目不轉睛地盯著無色。

「…………唔。」

認真的態度與平時的輕浮模樣大相逕庭。無色彷彿被她真摯的眼神貫穿，下意識屏住呼吸。

「我說過吧？我其實是個很願意為男友付出的女人。願意為你做任何事，也允許你對我做任何事。

——啊，你還不相信啊？覺得我只是嘴上說說？

那麼——我就證明給你看吧。」

「咦……？」

無色聞言瞪大雙眼。只見喰良紅著臉嬌媚一笑，捏住自己的裙襬。

接著緩緩將裙子提了起來。

「什……等、咦……？」

第三章

【對決】魔女大人ＶＳ克拉拉，愛的三回合

意料之外的舉動令無色驚慌失措。

觀眾鼓譟起來，會場瀰漫著興奮的氣氛。無色的眼角餘光瞥見瑠璃怒氣沖沖試圖衝上舞臺，緋純正拚命阻止她。

然而現在的無色完全沒有心力在意她們。

他就像被射中的獵物般渾身僵硬，注視著喰良的一舉一動。

「唔呵——」

喰良愉悅地欣賞無色的反應，並且加快動作，將裙子一口氣拉了起來。

「喰、喰良……！」

無色勉強擠出聲音，連忙閉上眼。

接著在一片黑暗中聽見喰良的笑聲。

「呀哈哈，放心吧，無朽。我裡面穿了泳裝。」

「咦——？」

無色聞言，微微睜開眼。喰良說的沒錯，她的裙子底下穿的確實是拍攝史萊姆影片時穿的泳裝。

「唉～我其實很想露給你看，可惜現在在直播，露出內褲可能就斷訊了～～真奇怪，布料大小明明就差不多，不覺得這是一種歧視嗎？」

喰良若無其事地說道。無色尷尬地別開視線。

「……對、對啊……」

泳裝雖然是泳裝，但誠如喰良所言，外觀和內褲相差無幾。對無色而言有點太刺激了。

喰良似乎也意識到這一點，賊賊地笑了起來。

「咦～～？無朽難道是在害羞嗎？好～～可愛～～」

她調侃完無色，這次換成鬆開制服領帶，將襯衫釦子一顆顆解開。

「……！妳、妳在做什麼──」

「討厭，上面也是泳裝，沒問題的啦。不、過～～……」

說著便將制服敞開，隱約露出白皙的腹部以及被泳裝包覆的胸部。

「──────！」

泳裝就是泳裝，但制服底下透出的泳裝異常煽情而悖德。只穿泳裝看起來可能還比較健全。

「快看快看，這樣很性感對吧？」

喰良刻意挺著胸接近無色。無色下意識後退。

「哇──！」

但這時他的腳被東西絆到，跌坐下去。臀部傳來噗的一聲與柔軟觸感。

第三章

【對決】魔女大人ＶＳ克拉拉，愛的三回合

是的，他坐到了希爾貝爾剛才準備的沙發上。

「很好，這位置非常完美。不愧是本小姐。」

喰良扭著身體說完，爬上了沙發，整個人覆在無路可退的無色身上。

她的頭髮和肌膚傳來香氣，呼出的氣息撫過無色的皮膚。

「……唔──」

無色幾乎無法呼吸，心臟怦怦亂跳。

太危險了。要是他現在處於彩禍模式，肯定會立刻發生存在變換，恢復成無色的外貌。

「無朽……如果你選了本小姐，下次全部露給你看……在攝影機拍不到的地方，只有我們兩個人……」

喰良以甜膩的聲音說完，將身體靠了過來。

櫻色的嘴唇近在無色眼前。

「不……不、不行……不行啦──」

不過，響亮的鈴聲就在這時傳來。

看來喰良自我推銷的時間已然結束。

『到此為止！討厭，小喰太大膽了，看得姊姊我心裡小鹿亂撞呢！』

希爾貝爾害羞地臉泛紅暈，扭動身體。眾人見狀才想起這是比賽，紛紛鬆了口氣。

「哇～～五分鐘意外地快呢。不過能看到無朽可愛的反應，本小姐已經心滿意足了。」

喰良笑著說完，從沙發上起身。順帶一提，她的襯衫還是敞開的。觀眾席閃光燈四起。

「嗯？耶～～儘管拍儘管拍。」

喰良發現後不但沒有遮住胸口，還擺好姿勢供大家拍照。心智還真堅強。

無色愣了好幾秒，最後像是解除鬼壓床狀態般吁了口氣，站起身來。他的腳還在微微顫抖。

於是，黑衣迅速湊了過來。

「——你還好嗎，無色先生？」

「還、還好……勉強挺過來了。不過……沒想到她的自我推銷會這麼……」

「自由發揮也要有個限度。麻煩的是她並未違反規定——對了。」

「怎麼了？」

無色歪過頭，下個瞬間，手背突然被黑衣捏了一把。

「……好痛！」

事出突然，他不禁叫出聲來。希爾貝爾疑惑地眨了眨眼。

『怎麼了，小無？』

「呃……沒事，什麼都沒有……」

第三章

【對決】魔女大人ＶＳ克拉拉，愛的三回合

無色含糊帶過之後，困惑地詢問黑衣：

「……妳幹嘛啊，黑衣？」

「有蚊子。」

「……一般應該是用拍的，而不是用捏的吧？」

「好，接下來輪到彩禍大人了。」

黑衣對無色說的話置若罔聞，緩步走向後臺。

「彩禍大人差不多該回來了，我去請她過來——無色先生請在這裡稍待。」

「咦？啊——好。」

無色聞言，點了頭。

黑衣見他點頭後，便進入後臺。

話雖如此，無色最清楚彩禍根本就不在後臺。畢竟剛才還在臺上的彩禍已經變身成無色站在這裡。

黑衣似乎有什麼打算，她到底想做什麼呢——

「——咦？」

這時，無色突然發出怪聲。

黑衣離開後過了幾分鐘，後臺伸出一隻手，五根指頭隨即輕緩地蠢動著。

「那、那隻手是——」

「魔女大人……？」

觀眾竊竊私語。

沒錯，後臺伸出的那隻手光是一個動作就充滿威嚴，足以顯示那就是「久遠崎彩禍」的手。

『呃～～……小彩？妳不上臺嗎？』

「…………」

希爾貝爾說完，疑似彩禍的「手」以細微的動作催促她說下去。

『呃、呃～～……好吧。

——第二位選手小彩的自我推銷時間，開始！』

希爾貝爾一宣布完，立刻開始倒數計時。

接著那隻「手」便以無比魅惑的動作緩緩招手。

就像在呼喚無色似的。

「啊——」

無色兩眼發直，宛如被捕蚊燈誘惑的飛蟲，搖搖晃晃地走了過去。

他知道彩禍不在那裡。

然而即使如此，他還是覺得那隻「手」就是彩禍的手。

就這樣——

「…………妳在做什麼，黑衣？」

無色走到能夠看見後臺的位置，目睹手的主人後，小聲嘟囔道。

是的，那隻疑似彩禍的「手」，其實屬於剛才走進後臺的黑衣。

……不過，眾人會誤認也很正常。畢竟那隻「手」確實是由彩禍本人操控，帶有彩禍的習慣。

「按照比賽規定，彩禍大人和無色先生必須同時在臺上，所以也只剩這個方法了。」

「呃……或許是這樣沒錯啦。」

無色以不會被臺上聽見的音量說完，黑衣瞇著眼說：「對了。」

「你剛才好像很享受喰良小姐的自我推銷嘛。」

「咦……？」

「一臉『我絕對會選彩禍小姐』的樣子，卻差點拜倒在喰良小姐腳下。」

「不、不是，我沒有……」

「我沒有責怪你的意思，反而很讚賞喰良小姐的努力。」

「話雖如此——」黑衣接著說：

「久遠崎彩禍的字典裡沒有敗北二字，就算是再愚蠢的比賽也一樣。這個你知道吧？」

「知、知道，當然知道。時間一到，我就會上臺宣布彩禍小姐獲勝——」

「——這樣不算真的獲勝。」

「咦？」

就在無色瞪大眼睛時，黑衣突然開始解開制服釦子。

「……唔！黑、黑衣？妳做什麼——」

無色被這突如其來的舉動嚇到說不出話，接著黑衣便脫下制服——露出事先穿在裡面的黑色泳裝。

她在昏暗的後臺裸露身體，身上僅剩兩片薄薄的布。這景象實在太不尋常，令無色慌亂不已。

「呃……？咦……？」

他無法理解發生什麼事，羞得面紅耳赤，呆愣地望著黑衣。

黑衣低頭望向自己的服裝，淡淡地說：

「喔，這個嗎？這是我趁喰良小姐自我推銷時換的。」

「呃，可是，說起來妳為什麼要穿成這樣……」

無色聲音顫抖著問道，黑衣便向前踏出一步，將他逼到牆邊。

「我說了吧？什麼都不做只等待結果出來，不算真的獲勝——沒辦法用本人的身體有點可惜，但我要讓你打從心底宣布彩禍大人勝利。」

「等——」

無色伸手試圖阻止黑衣的腳步，無奈他的手被對方一把抓住。

黑衣雙頰微微泛紅，臉上帶著微笑，輕啟雙唇說：

「儘管發出動聽的叫聲吧。

——我這就收你為新娘。」

「怎、怎麼回事……？那應該……是魔女大人的手吧？」

緋純納悶地皺起眉頭。她身旁的瑠璃摸著下巴，瞇起眼睛。

「對，沒錯。看那股氣質一定是魔女大人。」

「這、這樣啊……」

聽見瑠璃自信滿滿地斷言，緋純莫名冒著冷汗回應。坐在她們周圍的學生也露出認同的表情說：「既然不夜城都這麼說了，應該不會錯……」

「……那個，玖珂同學被魔女大人拉到後臺了呢……」

「是啊。既然魔女大人這麼做，應該有她深不可測的——」

瑠璃話才說到一半。

「——啊……唔、啊啊啊啊啊啊啊啊啊啊啊啊啊啊啊——！」

後臺突然傳來無色的叫聲。

「…………唔！咦——？」

這意想不到的反應令她瞠目。

不久後，宣告時間到的鈴聲響起，無色一臉憔悴，踉踉蹌蹌地從後臺走回來。

『小、小無，你還好嗎？到底發生什麼——』

「……彩禍小姐……」

『咦？』

「彩禍小姐……徹底獲勝……」

無色喃喃說完，磅的一聲倒在舞臺上。

◇

「…………啊！」

無色猛然睜開雙眼，激動地坐起身。

他似乎短暫失去了意識。環顧四周後，認出這裡是多功能展演廳的舞臺。

這時他才想起：對了，自己現在是彩禍和喰良比賽的評審。

『還好嗎，小無？』

希爾貝爾憂心地問。無色扶著額頭回答：

「……還好。我睡了多久？」

『一分鐘而已——但我還是好擔心。發生什麼事了？』

「發生……」

無色皺著眉思索……總覺得剛才好像發生了什麼驚心動魄的事，但他想不起來。

「唔！我的頭……」

『噢，沒關係，不用勉強。總之，第二場比賽也是小彩獲勝對吧？』

希爾貝爾連忙制止無色。

經對方一提醒，他隱約想起自己宣布彩禍獲勝，便緩緩點頭。

這樣彩禍就已經取得三戰兩勝。

——換言之，這場對決是彩禍獲勝。

無色正準備握拳叫好，沒想到下一刻……

第三章

【對決】魔女大人ＶＳ克拉拉，愛的三回合

『——不愧是小彩，第二回合也獲勝，拿到了兩分。不過！最後鹿死誰手還不知道呢。因為第三回合的贏家……將獲得一百分！』

「……呃，為什麼啦！」

這配分就好比製作馬虎的益智節目，無色聽了不禁叫到破音。

然而，希爾貝爾卻像不知道無色在說什麼似的，疑惑地歪過頭。

『咦？什麼？』

「沒有啦，照理來說，應該是三戰中率先取得兩勝的人——」

無色說到一半停了下來。

因為他回想起希爾貝爾宣布的規則。

（——共有三個回合，全部比完之後積分較高的一方獲勝——）

是的，希爾貝爾並沒有說贏得較多場勝利的一方獲勝——也沒說各回合能獲得多少分。

「呃，可是，也不能……」

這彷彿機智問答的狀況令無色啞口無言時，喰良「呼——！」地鬆了口氣。

「哎呀～～……我還以為要輸了，好險好險。本小姐會在第三回合拚盡全力的！」

喰良的宣言令觀眾情緒沸騰——雖然也有人覺得這規則很奇怪，但質疑的聲音隨即被這陣狂熱淹沒。

「…………」

無色望向黑衣，像是在問「怎麼辦」。黑衣垂下視線，輕嘆口氣。

「——雖然覺得有點沒道理，但既然規則已交由希爾貝爾姊姊制定，這也無可奈何。」

「況且——」黑衣接著說道：

「無論比什麼、比再多次，都撼動不了彩禍大人的勝利。」

這句話又在會場掀起一波高潮。喰良輕輕吹了聲口哨。

「咻……好帥。不愧是魔女大人。」

「您過獎了。」

黑衣淡淡地點頭致謝。儘管遇到意外狀況，她依舊是一貫的反應。不愧是黑衣。

……哎，既然黑衣都這麼說了，無色也沒辦法抱怨什麼。畢竟他現在用的不是彩禍，而是自己的身體，沒有抗議的權利。

「咦？對耶，魔女大人怎麼還沒回來？」

喰良突然疑惑起彩禍為何不在場，望向空無一人的後臺。

然而，黑衣不慌不忙地回答：

「是的，她又去拯救世界了。」

「真的假的？世界也太危險了吧。」

喰良冒著冷汗說了。不曉得她知不知道這是個牽強的藉口，還是真的相信黑衣的話。能用這種理由糊弄過去的或許只有彩禍了。

黑衣似乎不想繼續討論這件事，因而轉向希爾貝爾，換了個話題。

「——因此，她說比賽可以繼續進行沒關係。希爾貝爾姊姊，最後一場比賽究竟要比什麼？」

『好的！』

希爾貝爾聞言，活力四射地回答：

『第三回合比的就是——

在緊要關頭保護重要之人的能力！』

「保護重要之人的——」

「能力……？」

黑衣和喰良複述希爾貝爾的話。

希爾貝爾用力點頭後，倏地張開雙臂。

『沒錯，巧的是小彩和小喰都會參加明天的交流戰，那麼就在比賽一決雌雄吧。——看明天交流戰中誰隸屬的學園獲勝，誰就是這場對決的贏家！』

「「什——」」

聽見希爾貝爾的宣言……

「「什麼～～～～～～～──────？」」

不只喰良和無色，連臺下的觀眾──全都發出驚呼。

不過，這也是當然的。

竟然將〈庭園〉和〈樓閣〉的交流戰結果用在個人的對決上，觀眾當然對此感到不滿。

不過更重要的是，要用交流戰的結果定勝負，就等於要和久遠崎彩禍來一場魔術對決。

「──呵呵。」

然而──

喰良本人卻不慌不忙，露出了微笑。

「喰良──？」

無色不解地喚著她的名字，只見她揮了揮手。

「噢，沒事，別擔心，本小姐沒瘋。

只是──沒想到會有這種狀況。」

「……？這種狀況……？」

無色困惑地皺起眉頭。喰良深深點頭後說：

「──哎呀，本小姐也不認為自己能在公正的戰鬥中打贏魔女大人。

不過明天的交流戰不同於以往。魔女大人參賽有附帶條件，我方又有可靠的『新生』，更重要的是——」

喰良說著舉起右手。

接著飄浮在空中的手機像被吸過去似的，回到她手中。

——剎那間……

「……唔！」

無色瞠目結舌。

喰良渾身散發出的魔力突然變得既龐大又濃密。

「哇～～不愧是魔女大人，同時觀看人數上升到前所未見的高峰。本小姐和魔女大人以無朽為賭注的對決直播——這種直播不紅才奇怪呢。不，老實說比本小姐預想的還誇張。」

「喰良，妳的魔力……」

聽見無色這麼說，喰良得意地勾起嘴角。

「嗯，也沒必要再隱瞞——應該說，讓你們知道反而對本小姐比較有利，所以就告訴你們吧。

——本小姐的魔術名為【上上綺羅星（Influenstar）】，讓越多人知道自己的存在、讓越多人討論自己，就越能增加自身的魔力。

簡言之——本小姐正處於人生最高峰。」

「什……？」

「……也就是說，妳之所以向彩禍大人下戰帖，就是為了將對決過程直播出去，藉此增強自己的力量嗎？」

黑衣露出銳利的眼神問道。

喰良聞言，搖了搖頭。

「不，妳別誤會。本小姐是真心愛著無朽，並不覺得輸了無所謂，也很認真在比賽。——可是，本小姐畢竟是〈樓閣〉的學生，要是能提升力量贏過〈庭園〉，不是一石二鳥、魚與熊掌兼得嗎？」

喰良說著便將手中的手機對著自己。

沒錯，正是自拍的姿勢。

「所以，託魔女大人的福，本小姐已經準備萬全。各位克寶，千萬不能錯過明天的交流戰喔～～！」

喰良拋了個媚眼說完——

望向無色等人，露出妖豔的笑容。

「好——狩獵魔女的時間到了。」

✡第四章 【必看】交流戰拉開序幕

——校園中的鳥鳴似乎比平時更加鮮明。

前夜祭隔天，昨日的喧囂彷彿一場夢，〈庭園〉內鴉雀無聲。

這也難怪，因為昨天還在四處攢動的學生，今天幾乎一個都不剩。

然而，這也是理所當然。

畢竟這裡待會——即將成為「戰場」。

「…………」

無色做了幾個深呼吸讓自己冷靜下來後，再度觀察起四周。

他們站在〈庭園〉東部區域最東邊的研究大樓前。眼前聳立著一棟由多座尖塔構成的建築物，在廣場落下極具特色的陰影。

周圍只有四個身影，每個人都穿著和無色一樣的制服。其中有兩個人今天第一次和「玖珂無色」見面。

「——嗨，你就是那個轉學生嗎？我聽說過你。我是三年級的篠塚橙也，今天還請多指教。」

一名高個子的男學生朝無色伸手說道。

篠塚橙也。他和無色不同，是以正規方式入選交流戰代表的魔術師。

「啊——你好，我叫玖珂無色，請多指教。」

無色和他握手。橙也露出爽朗笑容，用力回握他的手。

接著他身後的女學生也向無色微微點頭致意。

「呃……我是萌木仄。我會努力不妨礙大家的，請多指教……」

她有些畏縮地說。儘管身體朝向無色，視線卻一直在斜下方游移。

「好的，請多指教。我資歷還很淺，但會盡力加油的。」

聽完無色的自我介紹，仄害羞地低下頭。她的瀏海很長，一低頭就遮掉了半張臉。

她和橙也一樣，也是正式入選的〈庭園〉代表。雖然個性有些內向，魔術實力應該無庸置疑。

無色向兩人簡單打過招呼後，暗自鬆了口氣。

坦白說，他知道自己這兩天出盡了風頭，因此有些擔心隊友的觀感，幸好橙也和仄都未對他顯露出不友善的態度。

當然，他們私底下是怎麼想的，無色不得而知，但就算只是表面上試圖和他建立良好關係，他就已經很感激了。

他們接下來要一起戰鬥。彼此都是實力堅強，足以被選為〈庭園〉代表的魔術師，當然要盡可能避免不必要的衝突。

不過——凡事總有例外。

「…………」

無色從剛才就感受到背後有一道扎人的視線，便回頭望向那個人。和他想的一樣，站在那兒的正是一臉不悅的〈庭園〉騎士，不夜城瑠璃。

「……瑠璃也請多指教……」

「誰要給你指教。」

無色吞吞吐吐地說完，瑠璃就毫不掩飾暴躁情緒，狠狠瞪了他一眼。

……不出無色所料，瑠璃還是對他入選代表一事憤恨難平。昨天和喰良對決完之後，無色為了避免見到瑠璃，特意從後門逃走，因此上次以無色的身分和她見面已是前天的事。

「……這次的交流戰到底在幹嘛？將剛轉學進來的無色選為代表，又說他有單獨討伐神話級滅亡因子的紀錄……！」

瑠璃克制不住似的越說越激動。每說一句話，手背上的血管就更加突出，眉間的皺紋也變得更深。

「——請冷靜點，不夜城騎士。」

說話的是在場最後一人——黑衣。她以極其冷靜的語氣安撫瑠璃：

「這件事已經拍板定案，無法改變。我明白妳不希望自己最愛的哥哥身陷危險——」

「什——！什麼～～～～～～～～～～！」

黑衣淡淡地說完，瑠璃便滿臉通紅地大叫。

「妳妳妳妳妳在說什麼！我、我我我我最愛誰了！少在那邊自說自話！」

瑠璃激動得滿臉是汗，還喊得破音了，視線也像洄游魚般快速來回游移。

「哦，不是嗎？還以為妳是因為最最最愛無色先生，才會這麼生氣。」

「誰、誰誰誰～～說的，才不是咧！我只是因為身為〈庭園〉魔術師，沒辦法接受菜鳥被選為代表而已——」

「這樣啊，所以妳認為一個菜鳥能打倒神話級滅亡因子嘍？」

「這、這件事——又還不確定是不是真的！」

「關於這件事，我已經向彩禍大人確認過了。還是說，妳覺得彩禍大人在說謊？」

「唔……！……！」

聽見黑衣這麼說，瑠璃不甘地咬著牙。

但是會有這種反應很正常。畢竟瑠璃和無色一樣，是彩禍粉絲俱樂部的成員，被人問到

第四章

【必看】交流戰拉開序幕

「妳質疑彩禍說的話嗎」時，也只能退讓。

順帶一提，彩禍粉絲俱樂部並非真實存在，而是想像出來的非官方組織。

然而，瑠璃似乎還是無法接受，再度瞪向無色。

「……退一萬步來說，就算入選是無可避免好了，喰良又是怎麼回事？她先是宣示自己是你的女友，又拉著魔女大人大鬧了一場，到頭來，我們甚至特地幫今天的對手白白增強力量……！」

「我、我也很無奈……」

無色苦惱地皺起眉頭。

喰良確實引起了騷動，無色也確實身處這場騷動之中，但完全是被她牽連進去的。

見無色說不出話，瑠璃露出不解卻又有些不安的表情。

「…………無色，你喜歡那種類型的女生嗎？」

「沒、沒有啊……」

「那她為什麼說你是她男朋友？」

「就說了，那是她單方面認定的。」

「……不然你喜歡怎樣的女生？」

「咦？」

「怎樣？說不出口嗎？」

「也不是……我想想……長頭髮、個性沉穩、帥氣、高潔——」

「你、你你你你你你你怎麼公然說出這種丟死人的話！」

瑠璃不知為何滿臉通紅，不斷拍打無色。

無色感到莫名其妙，頭上浮現問號，雙手交叉抵擋她的猛攻。

沒想到——就在這時。

廣場中心有一道淡淡的光開始聚集，形成了少女的樣貌。

『——哈囉，集合嘍，兄弟姊妹們。準備好了嗎？』

〈庭園〉管理AI希爾貝爾以輕快的語氣說完，轉了一圈擺出姿勢。

她這才注意到瑠璃和無色正在展開攻防，不解地歪過頭。

『咦？你們怎麼了？』

「……沒什麼！」

瑠璃哼了一聲環起雙臂，別過臉去。

希爾貝爾好奇地觀察了瑠璃一會後，忽然想起自己的來意，接著說道：

『好吧，那麼就容我再次說明交流戰的規則。

——可以戰鬥的區域為〈庭園〉的東部、西部與中央區域。〈庭園〉隊的起始點為東部

第四章

【必看】交流戰拉開序幕

區域的最東邊，〈樓閣〉隊則為西部區域的最西邊，聽見正午的鐘聲就代表戰鬥開始。

建築物外牆施有防禦術式，只是不小心打到的話不會受損，但請不要施予過度的攻擊。

考慮到危險程度，顯現術式最多只能用到第二階，率先將對手全數擊敗的那一隊獲勝。

出局與否由傷害值計算器來判定——你們都戴上了吧？』

希爾貝爾說著比了比自己的手腕。

無色聞言，低頭望向自己手腕上像是手錶一般的機器。現在亮著藍燈。

『計算器會和你們身上的制服連動，當它判斷你們累積的傷害值超過一定程度，就會變為黃色，最後變為紅色。計算器亮紅光的人就視為出局，原則上禁止再使用魔術，請盡速撤離至非戰鬥區域。此外也請注意，禁止攻擊已出局的選手。

大概就是這樣——有沒有什麼問題？』

「……我有問題，希爾貝爾。」

『…………』

瑠璃舉手呼喚希爾貝爾，但她一點反應都沒有。

「希爾貝爾？」

『…………』

「希～～爾～～貝～～爾？」

『…………』

「……希爾貝爾姊姊。」

『是～～！有什麼事嗎，小瑠！』

瑠璃死心似的喊完，希爾貝爾立刻笑逐顏開地回應。

「……這次應該有新的規則吧？我們該怎麼跟魔女大人合作？話說怎麼都沒看到她，她在哪裡呢？」

瑠璃邊東張西望邊問道。希爾貝爾敲了一下自己的手掌。

『喔，對了——這次按照特殊規定，〈庭園〉隊一開始只會有四名選手。確定有兩位出局之後，才會輪到小彩上場。不過請注意，萬一你們四人在小彩進入戰鬥區域前全部出局，就視為「全軍覆沒」。

至於小彩現在人在哪裡——』

「——這部分由我報告。」

黑衣微微舉起手接話：

「彩禍大人正在非戰鬥區域待命。一確定有兩位選手出局，魔女大人就會收到通知，但可能還是會有些延遲。為防萬一，當有兩位選手出局時，各位還是避免與敵方交戰，等待彩禍大人到來為妙。」

黑衣說著對無色使了個眼色。無色微微點頭回應。

關於彩禍的出場方式，黑衣事前已交代過無色。

一得到出場許可，他就會與待在非戰鬥區域的黑衣會合，進行存在變換並更換傷害值計算器，以「彩禍」的身分參戰。

……就算動作再快，最起碼也要花三分鐘。其他人必須小心別在這段期間全軍覆沒。

「嗯……沒錯，這樣最保險。」

橙也表情略顯緊繃，點頭同意黑衣的建議。

「我們的實力雖然不差——但也只是比其他同學優秀一些而已。能和教師匹敵的，大概只有不夜城同學了吧。說來慚愧，在這場比賽中我們越早讓魔女大人上場，就越有勝算。噢——當然，如果傳說中的玖珂同學有驚為天人的實力，也是可以把希望寄託在他身上就是了。」

「……請不要對我抱有過多期待。」

無色臉上冒著汗說完，橙也聳了聳肩說：「ＯＫ。」他雖然不像瑠璃那樣反對無色出賽，但似乎認為依靠這個實力不明的人風險過高。

「話雖如此，幸好今年交流戰辦在〈庭園〉，我們占有地主優勢——因此，我提議在比賽開始的同時，我們四個就分頭行動，各位覺得如何？」

「……咦，這樣會不會一不小心就演變成一打五的局面……」

仄憂心忡忡地說完，橙也表情苦澀地點頭。

「……確實有這個可能，但我們最該避免的情況是四個人一起被打倒。我不認為集體行動會是個好方法。」

「有道理……」

無色摸著下巴，低聲表示贊同。

他說的沒錯。這場戰鬥的勝敗取決於何時使出彩禍這張王牌。倘若按照常規進行，肯定會被敵人一網打盡。

而且分頭行動對需要暫時離開戰場進行存在變換的無色來說較有利。

「——我沒有異議。」

「為什麼你看起來自信滿滿？」

聽見無色這麼說，瑠璃瞇著眼吐槽。

不過瑠璃對這個戰術也沒有意見，垂下視線點頭同意。

仄看見眾人的反應，下定決心似的頷首。

「——好，就這麼定了。比賽開始後立刻分頭行動，邊躲藏邊搜索敵人，若情況允許就將敵人擊破。頭號目標是松葉武，再來是鴇嶋喰良。」

第四章

【必看】交流戰拉開序幕

「嗯，請問你為什麼這麼認為？」

橙也說完，黑衣便向他提問。橙也望向她回答：

「因為我們能應付的只有這兩名學生而已。從昨天的直播看來，鴇嶋喰良這號人物需要特別注意——但我不認為她會比教師們強。」

「……原來如此。」

「我有搞錯什麼嗎？」

「沒有，我認為你的判斷十分正確。」

黑衣垂下眼眸回答。

從那副表情看來，她好像有什麼擔心的事——但在場注意到這一點的人似乎只有無色。

實際上，橙也並未察覺到黑衣的異狀，繼續說下去：

「不夜城同學還可以攻擊蘇芳哲牙、佐伯若葉——但紫苑寺學園長除外。在魔女大人上場前，絕不能和他交手。」

「他有這麼強嗎？」

無色納悶地問。他昨天給人的印象，就只是個拚命想和彩禍較勁的有趣老爺爺。

然而——

「——他是魔術師培育機構的學園長。這麼說你就懂了吧？」

「…………」

橙也這麼回答他，話語中帶有一股不容質疑的說服力。

他說的沒錯。再怎麼說，紫苑寺都和彩禍一樣，是魔術師培育機構的領袖。這樣的人不可能是泛泛之輩。

無色用雙手拍了拍自己的臉，繃緊神經。

這時——

『——你們談完了嗎～～？』

「「……哇！」」

希爾貝爾的臉冷不防出現在眾人面前，嚇得他們大叫起來。

她做了個下腰的姿勢，硬是擠進無色等人的小圈圈。唯有不具實體的立體影像才能做到這種高難度動作。

「喂，不要嚇我們啦。」

『不好意思，不過時間差不多了。』

希爾貝爾說著微微揮了手，那道軌跡上隨即出現數字「11：55」。

戰鬥開始前五分鐘。看來他們討論得比想像中更久。

「「…………」」

無色等人不發一語地望向彼此，不約而同地微微點頭。

接著在廣場上散開，就戰鬥位置準備。

黑衣見狀，恭敬地向眾人點頭致意。

「——那麼，我先撤離至非戰鬥區域。祝各位戰鬥順利。」

說完便離開廣場。無色等人各自用動作或話語向她道別後，望向西方——〈樓閣〉選手所在的方向。

『——好的，那麼比賽再三分鐘就要開始，姊姊差不多該離開了。我這次兼任裁判，沒辦法助各位一臂之力，但還是祈禱各位有精采表現。』

「嗯，謝謝姊姊。」

「……我們會加油的，姊姊。」

「好的。請拭目以待，姊姊。」

橙也、仄、無色回應完，希爾貝爾滿意地微笑。

而後轉向當中唯一沒有說話的瑠璃，打量她的臉。

「……好啦好啦，姊姊。」

『呵呵。那麼，各位加油嘍！』

瑠璃嘆著氣說完，希爾貝爾便開懷一笑，消融在空氣中。

無色覺得她們的對話莫名有趣，嘴角不由得失守。

「……你在笑什麼？」

「抱歉——只是在想，妳真的很討厭叫希爾貝爾『姊姊』呢。」

沒錯，這就是最奇怪的地方。瑠璃在面對彩禍以外的事情時，通常都冷靜又有邏輯。叫希爾貝爾「姊姊」是為了讓對話進行得更順利，照理來說她應該不會排斥這種事。

「畢竟她又不是我姊姊。」

「哎，是沒錯啦。」

「叫一個不是姊姊的人『姊姊』，就像在稱呼大嫂一樣，感覺很討厭。」

「咦？」

「沒事。話說，你專心一點吧……老實說，我還是不同意你參賽，但你好歹是〈庭園〉代表，總不能輸得太難看。」

「——嗯，我知道。」

無色點頭回應瑠璃的提醒，握緊拳頭盯著正前方。

接著——中央區域的方向傳來正午的鐘聲。

〈庭園〉與〈樓閣〉的交流戰就此展開。

「好，我們上。就像剛才討論的一樣，各自散開——」

第四章

【必看】交流戰拉開序幕

然而，就在橙也對大家下達指示時。

「——咦？」

剎那間，天空中出現宛如星辰般閃亮的東西——

那個「東西」呈一直線朝無色等人所在的廣場飛來。

「——快避開！」

瑠璃尖叫道。

下一秒。

眼前發生猛烈的爆炸。

「「…………唔！」」

——閃光、巨響、震動、拍打全身的衝擊波。

眼睛、耳朵、皮膚——全身的感覺器官一口氣接收超出負荷的大量資訊，意識朦朧了好一會。

「無色！」

「……！」

不過，聽見有人大聲呼喊自己的名字，無色勉強維持住快要消失的意識。

這時他才注意到，大夥兒面前有一大片閃亮的藍色薄膜。

「這是——」

他一瞬間還以為是敵人的攻擊——但他錯了。

瑠璃不知何時已拿起長柄武器。

籠罩著無色等人的那層薄膜，正是由武器尖端延伸出來的。

沒錯，是瑠璃的第二顯現【燐煌刃】。看來她早一步察覺到敵人的攻擊，保護了無色等人。

無色知道那刀刃是由魔力之光構成，能變化成各種形狀，但沒想到還有這種用途。

薄膜的另一側彷彿有隕石墜落般，形成一個大坑。周圍的建築物幸而受到防禦術式保護，沒有受損，但被直接撞擊的地面變得慘不忍睹。

威力著實驚人。無色若未受到瑠璃及時保護，可能一瞬間就出局了。

「——哦，妳擋下攻擊啦？不愧是不夜城瑠璃，實力對得起〈庭園〉騎士之名。」

這時——

「……！」

忽然傳來一道聲音，無色等人抬頭望向天空。

那兒飄浮著一個長髮長鬚的老翁，身穿極不搭調的〈樓閣〉制服，彷彿站在空中一般。

他腳下浮現宛如魔法陣的兩片界紋，右手還拿著魔力濃密，像是指揮棒的魔法杖。

是的，那人正是〈樓閣〉學園長兼一年級新生，紫苑寺曉星。

「紫苑寺學園長……？這怎麼可能？〈樓閣〉的起始點明明在西部區域……！還有剛剛那陣攻擊──」

橙也顯得錯愕不已。

於是紫苑寺瞇起眼睛，揚起下巴。

「『怎麼可能』──？你既然是魔術師，最好別說這種話。我們是世界的守護者、奧祕的探求者，必須謹記對手隨時有可能出其不意發動攻擊。」

紫苑寺顯露出超然的態度，卻又像在教導學生似的說道。

無色和瑠璃不寒而慄，皺起眉頭。

「唔……壓迫感好重……！」

「一點都不像昨天那個老愛抱怨魔女大人的老爺爺……！」

「……這是……兩碼子事。都是那傢伙不好。」

無色和瑠璃說完，紫苑寺便一反剛才的態度，噘起嘴吞吞吐吐地說。

他清了清喉嚨轉換情緒，再度怒目俯視無色等人。

「重點是，這樣沒問題嗎？老夫對你們已經夠仁慈了。」

「咦──？」

「——面對全副武裝的敵人，全隊卻只有一個人發動第二顯現，這樣真的沒問題嗎？」

「「…………！」」

聽見紫苑寺這麼說，〈庭園〉的選手們一陣緊張。

「——【羅衝扇】！」

「【點睛畫筆（Graphyell）】……！」

橙也和仄展開界紋，發動第二顯現。

橙也變出鐵扇；仄變出巨大畫筆，各自握在手中。

這時，就像在等待他們行動，一陣猶如地鳴的巨響傳來。

「這是……怎麼回事？」

下一刻，地面開始劇烈搖晃，彷彿要打斷無色的慌亂。緊接著，眾人腳下的地磚突然隆起。

於是，以巨大鑽頭作為第二顯現武器的魔術師蘇芳哲牙從地下冒出。他似乎是從地底一路鑽了過來，發動突襲。

「哈哈——！俗話說顧前不顧後，就是像你們這樣啦！」

「唔……！」

無色等人蹬向殘存的地面，往後跳開。

然而事情還沒結束。身穿緊身制服的佐伯若葉也躍至地面，應該是和哲牙一起從地底過來的。只見她舉起一挺綠色的格林機槍。

「是說～～竟然忘了我們，真的ＡＫＳ、氣pupu、森７７，喔～～氣氣氣氣氣！」

她口中喊著莫名其妙的話語，朝無色等人掃射。一陣巨響敲打無色的鼓膜。

「——嘖！」

橙也在空中扭轉身體，揮動巨大鐵扇，隨即刮起一陣狂風，改變那些子彈的軌道。無數子彈掠過無色等人身邊，在牆上、地上炸裂開來。

然而若葉不怎麼驚訝，只露出了淺笑。

「哦～～挺行的嘛。不過，我現在才要展現第二顯現的精髓……的說！」

她像是想起什麼似的補了一句後，握起舉在空中的那隻手。

「——【萌芽之鉛(Spread)】！」

一瞬間，射進牆壁和地面的那些子彈開始蠢動，伸出無數條宛如植物藤蔓的東西。

「什……！」

「呀啊！」

橙也和仄的腳被藤蔓纏住，失去平衡。

瑠璃的【燐煌刃】旋即刀光一閃，切斷藤蔓。

「抱歉，感激不盡！」

「不會——各位小心點！敵人的攻擊還沒結束！」

瑠璃叫道。如她所言，種子子彈仍不斷冒出新的藤蔓，而且還像觸手一樣扭動著伸了過來，試圖抓住瑠璃等人。

「唔——」

「喝！」

鐵扇刮起強風，畫筆亦在空中留下軌跡，橙也和仄逃離了藤蔓攻擊。

然而，需要小心的不只若葉的藤蔓。哲牙趁著一瞬間的空檔，抱起鑽頭就朝瑠璃衝來。

「【特攻旋牙】！喝啊啊啊啊啊——！」

「……！唔——」

瑠璃雖然注意到他的攻擊，但實在猝不及防，無法反應。這樣下去，她將會身受重傷，被判出局。

彩禍上場的條件是要有兩名選手出局。反過來說，只打倒一個人並不會有太大影響，所以對方可能打算先除掉最棘手的瑠璃。

「瑠璃——！」

那麼，若無色也一起承受攻擊，和瑠璃一起出局，就能讓彩禍出場，這樣說不定是最好的做法。

然而，無色當下腦袋裡沒有這些盤算。

瑠璃──他的妹妹正遭遇危險，身為哥哥自然要挺身而出，不需要別的理由。

「──啊啊啊啊啊啊啊啊啊啊啊！」

無色大吼一聲用力蹬地，躍至鑽頭前方保護瑠璃。

「！哥哥──」

瑠璃的聲音震響鼓膜，真是個令人懷念的稱呼。但無色現在無力回應她。他必須集中精神，對付宛如巨大彈頭襲來的鑽頭──！

──須臾之間。

「……………唔──」

無色身後傳來猛烈的撞擊聲。

──哲牙偏離原本的軌道，失速撞上牆壁。

不過這並非偶然，也不是哲牙臨時改變路線。

原因很簡單。

──是無色手中顯現的透明之劍阻礙了他的去路。

「啊──」

瑠璃呆愣的聲音在空氣中響起。

「第二——顯現……？」

她盯著無色手中那把沒有顏色的劍，以及他頭上浮現的猶如王冠的兩片界紋。

「——————【零至劍（Hollow edge）】——」

無色喃喃說完，吁了口氣，回想起昨晚發生的事。

◇

「——來找出可重複的地方吧。」

「可重複……的地方？」

交流戰前一天，結束與喰良的兩場對決之後。

無色被黑衣帶到彩禍宅第的前院。

不為別的，就是為了進行發動練習。

這是當然的。因為明天就要正式上場了，無色卻還是無法按照自己的意思自由發動第二顯現。

「第二顯現對魔術師而言確實是一道門檻，但被選為交流戰代表的魔術師不可能不會這項技能。要是敵人發現我方隊伍中有個初學者，一定會讓你率先被判出局。

——不過，明天的比賽特別允許彩禍大人上場，所以第一個出局不見得是壞事。然而，自己抓準時機退場，和無力還手而被打倒是兩回事。」

「……我知道。」

無色被她說得啞口無言，只能順從地點頭。

「不過，至少你的第二顯現到目前為止成功過兩次。第一次是對付『她』的時候，第二次則是與我進行發動練習時。我們來找找這兩次的共通點吧。」

「共通點……」

經她這麼一說，無色開始思索。

「第一次時……我真的渾然忘我，不太記得了。只是一心想著要幫助『那個人』、幫助彩禍小姐——」

「嗯，那第二次呢？」

「我滿腦子都在想，只要成功，彩禍小姐就會回答我任何問題。」

「…………」

無色據實以告，黑衣聽完不知為何沉默不語，一會後像是發現什麼似的微微蹙眉。

「——會不會是彩禍大人？」

「咦？」

「第一次和第二次想的內容雖然不太一樣，但你都全心想著彩禍大人。」

「——！原來如此。所以我的魔術是為彩禍小姐而生的嗎？」

「沒有這麼誇張。」

黑衣瞇著眼，接著說道：

「精神力對於魔術非常重要，心態的確有可能導致輸出的魔力有所差異。你試著想像彩禍大人，發動魔術看看。」

「好，我這就試試看。」

無色深吸口氣，閉上眼睛，在腦中描繪彩禍的身影。

「彩禍小姐……我一定會讓妳——」

他滿懷決心地握緊拳頭，全心全意想著彩禍。

「——很好，再更專注地想像彩禍大人。」

「好的……………啊！……彩禍小姐，妳要做什麼……不、不能做這種事……我們還沒正式交往——」

「你到底在想什麼？」

黑衣敲了一下他的頭，害他快要描繪出的畫面煙消雲散。

◇

「——太好了，成功發動了。」

無色望著手中出現的透明劍身，輕聲嘆息。

昨晚他和黑衣反覆進行想像訓練，藉由專注想著彩禍，成功發動第二顯現——但當時還不確定能否在實戰中達到相同效果。

「透明的……劍……」

瑠璃見狀，發出微弱的呢喃。

無色瞥了她一眼後，微微點頭。

「還好妳沒事。」

「……唔。」

聽見無色這麼說，瑠璃紅著臉輕晃肩膀。

但隨即像要掩飾害羞地搖了頭，對無色說：

「無色，原來你已經學會第二顯現——」

「——嗯，我專心想著重要的人，就發動成功了。」

「重要的人……呃，你、你你你你……你在說什麼，也不看看場合！」

剛才微微泛紅的臉頰變得更加通紅，甚至叫到破音。

戰鬥中確實不適合說這種話，但無色不明白瑠璃為何這麼慌張。

「……哦～～？挺有一套的嘛——話說回來，你做了什麼？竟然讓我的【特攻旋牙】裂成這樣。」

哲牙甩了甩牆壁碎片，回頭望向無色。

他手中那把鑽頭型態的第二顯現【特攻旋牙】缺了一角，該處只留下閃亮的魔力之光。

「……唔——」

無色見狀，不禁倒抽口氣——但努力不讓對方發現。

他雖然藉由全心想著彩禍，成功發動第二顯現，不過仍未掌握自身魔術的全貌。

「……算了，這點程度不算什麼——」

哲牙窺探了一下無色的反應後，讓崩裂的第二顯現消失，再變出一把完好的鑽頭。

「…………」

瑠璃原本和哲牙一樣在觀察無色，見到哲牙變出武器後，連忙清了清喉嚨轉換心情，小心地盯著〈樓閣〉的教師們，開口說道：

「——看來我們要盡速散開的計畫被他們猜到了。」

第四章

【必看】交流戰拉開序幕

「……好像是。」

「嗯……確實如此。」

瑠璃說完，橙也和仄的目光也變得銳利。

紫苑寺、哲牙、若葉三人則和他們相反，露出從容的神情，握著第二顯現的武器。

實際上，瑠璃的猜測大概沒錯。無色等人認為必須盡速滿足讓彩禍上場的條件，才能使〈庭園〉贏得勝利；〈樓閣〉則應該不想讓他們達到該條件。

那麼，對方會採取什麼手段？

要麼是在比賽開始後，趁〈庭園〉隊還沒散開就將他們一網打盡；要麼是限制他們的行動，以防有人被判出局，並一次解決掉所有人。

是的，對方現在採取的行動正是如此。

幸好瑠璃反應快，他們才沒有全員出局，但現在的狀況仍舊糟糕透頂。

因為無色等人尚未行動就被自己打不過的教師們攔住去路。

「……而且，對方還沒有全體到齊。喰良和松葉學長可能正躲在暗處。

——喰良尤其危險。她不是發下豪語要贏過魔女大人，成為無色的女友嗎？不可能什麼都不做……她昨天在舞臺上散發的魔力量非比尋常，大家千萬要小心。」

瑠璃加強警戒說道。她說的有道理。喰良生性喜愛大場面，肯定會做些什麼。無色也開始注意四周。

然而，哲牙聞言卻搔了搔頭。

「呃～～……他們應該還要再花點時間啦。他們不像我們有這麼簡便的移動方式，只能從西邊跑來東邊。」

「…………」

聽見哲牙這麼說，瑠璃臉頰滑落一道汗水。

那模樣看起來既像懷疑他在騙人，又像是因為自己過度解讀眼前的狀況而感到難為情。無色覺得後者的可能性較高，但心裡有些同情瑠璃，便配合她露出前者的神情。

「──無色。」

瑠璃目光緊盯紫苑寺等人，悄聲向無色搭話。

「……紫苑寺學園長他們就由我們三個來應付，你趁亂逃離這裡，找地方躲起來。」

「妳在說什麼？我怎麼能──」

「別搞錯了，這次會這樣提議，真的不是因為擔心你的安危。」

「這次？」

「……不要在意那種小地方。」

瑠璃紅著臉清了喉嚨，繼續說道：

「老實說，和三名教師正面對決雖然是下下策，不過就算我們三個被打倒，只要你沒事，魔女大人就能上場。」

「這——」

無色說到一半，橙也和仄也點頭同意瑠璃的話。

——再拒絕下去對他們就太失禮了。無色下定決心頷首。

「……了解，這裡就交給妳了，瑠璃。還有篠塚學長、萌木學姊。」

「好。」

瑠璃應了一聲。橙也和仄也用各自的方式回應無色。

「那麼——要上嘍！」

「——好……！」

瑠璃一聲令下，三名〈庭園〉的學生立刻蹬地躍起。〈樓閣〉的教師們也舉起第二顯現迎戰。

◇

「…………」

安維耶特・斯凡納極度不悅。

原因大致有兩個。

一是因為今天是〈庭園〉和〈樓閣〉交流戰當天，自己卻被硬塞了個麻煩工作，到外地出差。

二是儘管這個要求如此無理又臨時，自己仍乖乖答應下來。

「嘖——」

戴著墨鏡的安維耶特咂了嘴，使勁踩踏車子的油門。

他在一條連柏油都沒鋪的山路上前進，輪胎輾過大大小小的碎石，使車身劇烈搖晃。

老實說，這趟路程令人十分不適，但也無可奈何。

——畢竟他正要前往的「機構」太過特別，無法設置在恬靜的住宅區。

安維耶特調高音響的音量，藉此發洩內心的煩躁，搖頭晃腦地在崎嶇的道路上前行。

於是，他在一成不變的景色中開了約三小時。

最後終於抵達目的地。

那裡乍看平凡無奇。會在這種地方停車的除了汽車沒油的倒楣鬼，就只有開到一半內急的人了吧。

安維耶特將車隨意停好後，拔了鑰匙開門下車，當然也沒忘記鎖門。這麼偏僻的地方應該不會遭小偷，但姑且還是鎖一下。

接著他從口袋拿出手機，打開地圖，撥開叢生的雜草緩步前進。

「……呃～～——應該在這裡吧？」

找到目標後，安維耶特徑直朝裸露的岩石走去。

照理來說，這樣應該會撞上岩壁，但他的腳卻毫無阻力地被岩壁吸了進去。

這裡和〈庭園〉一樣施了阻礙認知的魔術，從外面看不出實際的樣貌。

岩壁內裝潢得相當現代，和外頭有著天壤之別。看似電梯的門扉旁設有一個辨識裝置。

安維耶特完成ＩＤ和虹膜辨識後搭上電梯，前往地底深處。

儘管手續繁複，考慮到這個機構的重要性以及收藏物的危險性，這也是沒辦法的事。

——這裡是散布在世界各地的封印機構之一。

和〈庭園〉總圖書館地底的機構相同。

一會後，電梯到達目的樓層。安維耶特等電梯門開啟後，邁步穿越前方的長廊。

走了沒多久便看見一扇金屬製大門，以及兩名守在門前的警衛。一人留著鬍子，一人戴著眼鏡。兩人既然常駐在此，可見應該是魔術師。

「——哈囉，打擾一下。」

安維耶特已在樓上完成識別手續，兩人因而知道他的身分。他們站得直挺挺的，向他行禮。

「您就是〈庭園〉的安維耶特．斯凡納老師吧？久仰大名。」

「能見到有名的『雷帝』，真是榮幸。」

「啊～～……嗯。那個稱號聽了怪不好意思的，別那樣叫我。」

安維耶特板起臉孔說完，警衛說著「對、對不起」並低頭道歉。

「所以，您今天是來辦什麼事呢？」

「嗯──我被硬塞了件麻煩的工作，來檢查一下這兒的封印物……真是的，怎麼會在交流戰當天派人出差呢。」

「這麼說來，今天〈樓閣〉和〈庭園〉要舉行交流戰吧？」

「是啊。這種時候就該來一杯，看小鬼們大亂鬥。」

安維耶特邊說邊做出豪飲的手勢，警衛笑著表示同意。

「真不錯。我也想早點下班，來杯啤酒。」

「什麼？我說的不是酒，是可樂啦。」

「哦，難道您不會喝酒嗎？」

「不是。今天雖然不用上課，但交流戰也是校園活動的一環，教師怎麼能喝酒？而且喝了酒就很難看清楚小鬼們的細部動作。」

第四章

【必看】交流戰拉開序幕

「……這、這樣啊……」

警衛面露苦笑，像是在說：「這個人的個性和外表差真多……」

「那麼……您要調閱哪一項封印物呢？」

「噢，我要調閱O－08。」

「——」

安維耶特說出編號的瞬間——

警衛們的表情立刻變得冷酷。

「不好意思，您調閱的目的是？」

「啊？我不是說要檢查嗎——艾爾露卡昨天沒有通知你們要回報O－08的現況嗎？」

「有的，我們回報沒有問題。」

「所以她才派我來啊。」

「什麼？」

「——〈銜尾蛇〉的二十四個部位當中，只有你們這個封印機構回報毫無異狀。所以為防萬一，她才叫我來確認實物的外觀和魔力反應有無異常。可惡。聽懂的話，就快點調出那顆害我沒辦法看比賽的該死的蛇頭。」

「…………」

兩名警衛互相使了個眼色後說：「……請稍等。」這才開始操縱控制器。

不久後，沉重的聲音響起，巨大門扉逐漸敞開。

「請進。」

「好。」

留鬍子的警衛催促道。安維耶特跟著他往門口走去。

於是，下個瞬間──

「──────」

站在後方的眼鏡警衛突然將手伸進懷中，拿出一把自動手槍，毫不猶豫地朝安維耶特扣下扳機。

爆裂聲在地下設施響起。

然而──

「什──」

緊接在後的既非安維耶特的哀號，亦非倒地的聲響，而是開槍的眼鏡警衛慌張的嘀咕。

然而，這是當然的。

因為那枚子彈自槍口射出後，在擊中安維耶特後腦杓前就啪滋啪滋地帶著電光，靜止在空中。

第四章
【必看】交流戰拉開序幕

「——你以為這種玩具解決得了我嗎？也太瞧不起我了吧？啊？」

安維耶特囟狠地瞪著眼鏡警衛。

「唔……！」

眼鏡警衛表情扭曲，打算再度開槍。這時鬍子警衛也從懷裡拿出手槍。

「喝！」

然而，安維耶特大喝一聲，同時對他們施以雷擊。

「嘎……！」

「唔——啊……！」

兩人短暫哀號後隨即化作焦炭倒臥在地。安維耶特確認他們倒地，納悶地皺起眉頭。

「……到底是怎麼回事？原以為是艾爾露卡想太多，看樣子是真的出事了。」

無論如何，安維耶特還是必須完成任務。他走進門內，望向收納在那兒的封印水晶。

「……啊？」

他挑起一側眉毛，發出低吟。

封印在這座機構中的〈銜尾蛇〉部位是「頭」。

和〈庭園〉地底收納的「心臟」並列為最重要的部位。

然而，現在安維耶特面前只剩碎裂不堪的封印水晶。

「〈銜尾蛇〉的頭——不見了？」

安維耶特板著臉搗著嘴，開始思考。

「……究竟是什麼時候不見的？難道這兒的警衛為了隱瞞事實，欺騙了艾爾露卡……？不對，總不可能一直瞞下去吧。說起來，那兩個警衛為什麼——」

這時，他的聲音戛然而止。

原因無他。因為身後傳來聲響，隨後便有兩道黑影朝他襲來。

「——嘎！」

「啊啊啊啊啊啊啊！」

安維耶特立刻意識到那是他剛才打倒的兩名警衛。

他背後浮現一片界紋，再度施放電擊。兩人又一次發出哀號，當場倒下。

「哼！挺頑強的嘛。剛才那一擊本來應該會讓你們心跳停止才對。不過這樣正好，你們兩個，收納在這兒的封印物到底——」

然而，安維耶特再度啞然。

因為剛被打倒的兩名警衛又站了起來。

「……什麼？」

安維耶特困惑地瞇起眼睛。這一擊的力道雖然輕了些，但也不可能像這樣瞬間恢復。這

第四章

【必看】交流戰拉開序幕

兩個人是不是用了什麼魔術——

「呃，不會吧……」

他用力踩踏地面，再變出一片界紋。

同時左右兩側也出現類似三鈷杵的武器。

「第二顯現——【雷霆杵（Vajudola）】！」

安維耶特將手往前伸，他的顯現體旋轉起來，朝前方射出遠比剛才更強烈的電擊。

警衛們被直接命中，分別被削去右臂和左肩，重摔在牆壁上。

然而——

「啊……啊、啊啊啊啊啊啊啊啊啊——」

他們竟發出呻吟，再度邁步走來。

不，不只如此，就連被削掉的手臂和肩膀也逐漸再生。

「嘖——」

安維耶特見狀，恍然明白是怎麼回事，用力咬牙。

接著狠狠踹向地面。

與此同時，電流充滿整間屋子，兩名警衛再次倒地。

不過這次兩人遲遲未爬起來，只趴伏在地，手指不斷顫動。

安維耶特讓微弱的電流滯留在兩人身上，限制他們的肌肉運作。這樣他們應該暫時動不了，當然待會還是要找人來把他們綁起來。

不過，現在有比這更重要的事要處理。安維耶特快步走回電梯，猛按地面樓層的按鈕。他在逐漸上升的電梯中操作手機，打電話給艾爾露卡。

響了幾聲後，電話另一頭傳來對方一派悠哉的聲音。

『哦，安維耶特啊。怎麼啦？』

「出大事了！〈銜尾蛇〉的頭不見蹤影！而且——」

安維耶特扯著嗓門繼續說下去——說出那則毀滅性的消息。

「——出現了『不死者』！有人受到了〈銜尾蛇〉的能力影響！我記得這兒的警備應該是由〈樓閣〉負責的吧……？」

『……你說什麼？』

「小心點！

——『進到我們學園的〈樓閣〉的學生中，可能摻雜著不死者』！」

◇

第四章

【必看】交流戰拉開序幕

為了舉行交流戰而淨空的〈庭園〉校園中，有一處異常熱鬧的地方。

——那就是位於西部區域的練武場。

這裡平常是供學生修練的場所，現在的氣氛卻稍有不同。寬廣的操場中央可以見到巨幅影像朝向四個方位投影，映出每一位〈庭園〉代表選手的現況。觀眾席環繞在操場周圍，〈庭園〉和〈樓閣〉的學生齊聚一堂，為各自的陣營加油。

這場戰鬥名義上是為了讓學生提升戰技而辦的交流戰，但凡事只要劃分出敵我，人類就是會為之瘋狂。

而且這次的交流戰，雙方學園長都有代表參賽，彩禍和喰良又以此作為男友爭奪戰的第三回合。

再加上——

『——哎呀～～！不只小星，連小哲和小若都抵達了東部區域！難道他們打算在小彩上場前就將四名對手一網打盡嗎？』

希爾貝爾為了炒熱氣氛，在空中飄來飄去，以輕快的語氣播報戰況。

順帶一提，她偶爾還會讓自己的影像分裂成兩個——

『您覺得如何呢，賽評希爾貝爾老師？』

『是的，看來小星他們還是很提防小彩，應該想早點分出勝負吧。』

像這樣一人分飾兩角（雖然不是一個人）。

觀眾雖然是默默守護世界的魔術師，但畢竟是血氣方剛的年輕人，觀賽時不可能不熱血沸騰。

「瑠璃……玖珂同學……」

然而在他們之中，唯有嘆川緋純一人面露不安，盯著投影出的影像。

不為別的，因為這次參賽的不夜城瑠璃和玖珂無色都是她親近的同學。

而且，身為騎士的瑠璃參賽還不打緊，無色上個月才轉入〈庭園〉，本來不該被選為交流戰代表才對。

希爾貝爾說他打倒了神話級滅亡因子——但從他的戰鬥表現來看還是教人難以置信。希望他不要受傷——

「——哎呀，怎麼啦，嘆川同學？悶悶不樂的。」

緋純盯著畫面暗自祈禱時，忽然有人向她搭話。

她望了過去，只見一名二十五六歲的女性站在那兒，留著一頭大波浪長髮，上衣領口大膽地敞開，下身則搭配極短的窄裙——她是緋純的班導，栗枝巴老師。

「啊，老師……」

「放輕鬆點嘛，難得有這樣的慶典——啊，可以坐妳旁邊嗎？」

「好、好的……請坐。」

緋純冒著汗說完，巴便坐在她隔壁，津津有味地喝光手中的啤酒。

「嗯唔……嗯唔……噗哈～～！看交流戰就是要配這個～～」

「……呃，魔術師培育機構的交流戰並不是慶典，而是用來磨練與滅亡因子交戰時的技術——」

「哎喲～～別說些有的沒的，壓力會讓皮膚變差喔。」

聽見緋純這麼說，巴哈哈大笑。

從她臉紅和開朗的程度來看，手中的啤酒肯定不是第一罐。

「我待會得向魔女大人報告。」

「啊真的很抱歉我不是故意的這個章魚燒請妳吃拜託饒了我吧。」

緋純自言自語完，巴立刻端正姿勢，將手中的章魚燒整盒遞給她。不知是因為酒精還是因為恐懼，巴的手還微微發顫。

是的，巴平時充滿自信，但在彩禍面前就像隻裝乖的吉娃娃。

緋純不知道以前發生過什麼事，不過聽說巴也是從〈庭園〉畢業的魔術師，亦即曾是彩禍的徒弟。說不定學生時代曾經留下某些創傷。

緋純吃了一顆章魚燒（巴都給她了，不吃可惜），再次望向畫面。

「瑠璃和玖珂同學不知道會不會有事。沒想到竟然要跟〈樓閣〉的老師們交手。」

「沒事啦，不用操心。畢竟有魔女大人在嘛。」

見緋純吃了章魚燒，巴便認為自己收買成功，語氣放鬆了些。她轉換態度的速度依舊出奇地快。

「可是要有兩人出局，魔女大人才能上場；而且若四人一起被打倒，魔女大人連出場機會都沒有就輸了……」

「咦？有這種規定？」

巴訝異地瞪大眼睛……看來現在才知道這件事。她可能真的把交流戰當作慶典看待。

「再說，這場戰鬥同時也是魔女大人與鴇嶋同學的對決。就是賭上玖珂同學女友之位的……那場對決。」

「啊～～……這我有印象。不過，魔女大人應該不是認真的啦，她通常不會拒絕這種有趣的活動。」

「或許是這樣沒錯……但魔女大人應該滿好勝的吧？」

「嗯，沒錯，她超級好勝。就算只是遊戲，她也會一直玩到贏為止。」

巴不假思索地回答，聽起來莫名有真實感。

「就算她對玖珂同學不抱任何情感……自己參加了交流戰卻不戰而敗，甚至還輸給鴇嶋

第四章

【必看】交流戰拉開序幕

同學……魔女大人應該會超生氣的吧……」

「妳在幹嘛啊不夜城同學～～！殺他個措手不及啊～～！就是現在！砍下去～～！殺了他～～！」

緋純剛說完，巴立刻拚命為選手加油。

不用說，殺害對手當然會被判犯規落敗。緋純流著冷汗露出苦笑。

這時──

「……奇怪？」

緋純忽地瞠目。

原本一直映出戰況的影像突然出現沙沙雜訊，最後變成紅色的錯誤畫面。

觀眾席上的〈庭園〉和〈樓閣〉的學生也注意到異狀，騷動逐漸擴大。

然而，緋純覺得最奇怪的──是飄浮在畫面前的希爾貝爾。

影像明明中斷了，希爾貝爾卻沒有說明狀況，也沒有說些話來安撫大家，就只是低著頭靜靜飄在空中。

「姊姊……？」

緋純一臉疑惑地呼喚希爾貝爾──對方當然不是她姊姊，但不這樣稱呼的話，對方不會回應，所以不知不覺就養成了習慣。

緊接著，就像在回應緋純的呼喚般——

『————嘻————』

「咦？」

『嘻嘻嘻嘻嘻嘻嘻嘻嘻嘻嘻嘻嘻嘻嘻嘻嘻嘻嘻嘻嘻嘻嘻嘻嘻————！』

一陣尖銳的笑聲透過練武場的喇叭大聲響起。

「什……什麼……？」

事情發生得太過突然，緋純摀起耳朵，面露驚慌。

傳入耳中的明明是希爾貝爾的聲音，但實在和平常判若兩人，讓緋純一時辨別不出那是她。

然而讓緋純更加困惑的是，通紅的畫面中特寫出希爾貝爾的臉。

——希爾貝爾露出駭人的笑容，顯得十分瘋狂。

『呵呵——「被發現」啦？比我想的還要早呢。不愧是小艾爾和小安維，好棒好棒。』

希爾貝爾自言自語似的接著說道：

『雖然可以出手干擾手機訊號——但我們已經來到「目的地」，時機也差不多成熟了。

好，動手吧。都到這裡了，當然要大鬧一場。』

「什麼……？她到底在說什麼……？」

緋純不明白希爾貝爾說的話，滿臉困惑。

不，不只緋純，周圍的學生也一副莫名其妙的表情。

但希爾貝爾完全沒理會他們，演戲般誇張地張開雙臂。

『——親愛的兄弟姊妹，你們過得好嗎？

今天要告知各位一則遺憾的消息。我多年來努力扮演大家的好姊姊——但其實現在有了更重要的事物。』

於是她做作地在胸前十指交握，再一次張開手。

『隆重為各位介紹——我新的弟弟妹妹們。』

希爾貝爾話剛說完，下個瞬間——

「「————————————————！」」

坐在練武場觀眾席的〈樓閣〉的學生。

他們「每個人」都發出咆哮，一同從座位上站起。

而後各自發動魔術，襲擊〈庭園〉的學生。

「什……？」

第四章

【必看】交流戰拉開序幕

「呀——！」

全場陷入驚慌和焦躁之中，被慘叫和怒吼包圍。

希爾貝爾像個小丑般殷勤地行了禮後，嗤笑道：

『那麼，各位請保重。

——「〈庭園〉將在今日迎來終結」。』

✿第五章　【憤入】告訴你克拉拉的祕密吧

「————」

瑠璃一聲令下，隊友們蹬地躍起。

就在那瞬間，整座〈庭園〉警鈴大作，無色等人身體僵直，停下腳步。

「怎麼了……難道是滅亡因子？」

「不，這和平常的警報不同。到底是——」

瑠璃納悶地四處張望，同一時間〈庭園〉各處都顯示出希爾貝爾的影像。

『——好的～～親愛的兄弟姊妹們，時機已然成熟，「狩獵」的時間到了。請務必好好享受。』

四周的喇叭傳來這樣的廣播聲。

那內容實在太令人費解，〈庭園〉的選手們不禁面面相覷。

「希爾貝爾姊姊……？」

「她到底在說什麼——」

第五章
【慎入】告訴你克拉拉的祕密吧

橙也和仄茫然不解地說了。

然而，這反應很正常。希爾貝爾確實不太像一般的人工智慧，她言行突兀，也有一些特殊的堅持，但是一直以來的行動基本上都是為了〈庭園〉著想。

然而，現在的廣播卻讓人莫名其妙。

完全聽不出她想對誰傳達些什麼──

「……唔。」

不過無色忽然倒抽一口氣。

因為他注意到有一群人聽了希爾貝爾的廣播竟未感到困惑，反而很平靜。

「──哦？」

紫苑寺曉星，還有佐伯若葉和蘇芳哲牙。

和無色等人對峙的三名〈樓閣〉教師全都瞇起眼睛。

──就像早就知道這一切似的。

「比料想中更早呢。他們嗅到不尋常了嗎？──不，還是說，找到根源了呢？」

「呵呵，說不定兩者都有。」

「哪種都沒差，反正我們要做的都一樣。」

紫苑寺等人說完，忍不住笑了起來。

瑠璃見狀，皺起眉頭問：

「您知道些什麼嗎，紫苑寺學園長？這廣播到底是——」

「噢，老夫就告訴你們吧。怎麼樣，佐伯、蘇芳？」

「好的，沒問題——」

「——老爺子，你還真是老當益壯。」

紫苑寺一說完，若葉和哲牙同時蹬地。

原以為他們打算發動夾擊——結果不是。

「…………！」

瑠璃遲了一會才像發現什麼似的，肩膀顫動。

——對，兩人既未朝無色等人的方向跳來，也不是要分散他們的注意力。

只是單純地——離開現場。

「快逃——！」

瑠璃向隊友尖聲叫喊。

然而，在無色等人反應過來之前——

「第四顯現——【巨星牢籠(Gravity palace)】。」

〈影之樓閣〉的學園長紫苑寺曉星就展開了第四顯現。

紫苑寺腳下的界紋變成四片，身上的〈樓閣〉制服也變換成宛如教皇穿的莊嚴長袍。

而與此同時——

以他為中心，周圍的景象像被捲入漩渦般，完全變了樣。

變成一座彷彿由黑暗構成的巨大教堂。

——第四顯現，顯現術式中的最高位階。

超越第一顯現〈現象〉、第二顯現〈物質〉、第三顯現〈同化〉，經過千錘百鍊才能到達的至高〈領域〉。

這項終極之術能讓自己周圍的空間幻化為「屬於自己的風景」。

這也是無色第一次見識到彩禍以外的人使出第四顯現。

「你瘋了嗎！到底打算做什麼！交流戰應該有規定只能用到第二顯現！你將勝負置之度外了嗎！」

橙也被困在黑暗牢籠中，悲憤地咆哮。

於是，紫苑寺嘲諷似的低頭俯視著他。

「——都什麼時候了，還在說交流戰啊？迅速認清自己身處的狀況，也是魔術師的重要能力喔。」

說著緩緩舉起右手。

手裡握著猶如指揮棒的法杖。

剎那間——

「嘎……！」

「唔——！」

無色等人悶哼了一聲，趴倒在地。

就像被一隻看不見的手按在地上——不，正確來說更像是自己的體重突然暴增好幾倍的感覺。肌肉承受不住自身重量，連站都站不住。

唯有瑠璃拄著【燐煌刃】的刀柄勉強站立，但仍無法行動自如。

即使如此，她眼中依舊燃著鬥志，狠瞪紫苑寺。

「……我不清楚來龍去脈，但可以確定你是我們的敵人。因此我將以〈庭園〉騎士之名……逮捕你。」

「好啊，來試試吧。」

紫苑寺說完便將第二顯現的法杖朝天舉起。

「光是能在老夫的第四顯現中站立就足以教人驚嘆，騎士果然有一套——不過妳在此狀態下能避開【墜星杖(Meteo Takt)】嗎？」

「——！」

對方的言語、動作讓無色嚇得心臟縮了起來。

他想起交流戰剛開始時，紫苑寺對他們使出的那一擊。

當時是瑠璃為眾人擋下攻擊，然而她現在無法自由行動。要是紫苑寺再度使出先前的攻擊，後果可想而知。

「瑠璃……！」

無色在沉重的壓力下勉強擠出聲音。

然而，他的聲音彷彿也被重力囚禁一般，瑠璃和紫苑寺都毫無反應。

紫苑寺將法杖緩緩揮下。

教堂的天窗上看得見有無數星星在閃爍。

——無色腦中回憶起一個畫面。

幾週前，瑠璃與「她」對峙時倒在血泊中的畫面。

「瑠璃————！」

無色大叫一聲，緊握手中的劍柄，胡亂揮舞。

當然，他的身體和劍都被困在重力牢籠中，根本無法對紫苑寺施加攻擊，就只是用劍尖不斷搔刮地板而已。逞強的動作令他骨頭嘎吱作響，右臂也產生劇痛。

這或許只是無用的掙扎，但他無法在妹妹陷入危機時坐視不管。

此時——

「…………！」

紫苑寺眉毛顫了一下，隨即停止揮動法杖。

接著像是看見什麼不可思議的東西般，望向無色。

不——不對。正確來說，他看的並不是無色。

而是無色用劍搔刮的教堂地板。

那裡出現一道眉月形的刮痕。

那道刮痕和他的第四顯現相比不過是小傷，但紫苑寺注意到刮痕的原因一望而知。

因為一片漆黑的教堂中，唯有那處透出亮晃晃的光芒。

——沒錯，就像外面的陽光透過縫隙射入一般。

「竟然破壞了老夫的第四顯現——？那把劍究竟是——」

紫苑寺不解地蹙眉，但隨即斂起表情，讓自己冷靜下來。

魔術師強大的關鍵在於精神力，驚慌和焦躁容易讓顯現體的品質變差。他肯定也知道這件事。

「你的魔術真詭異。但這點小傷又如何？絲毫影響不了老夫的【巨星牢籠】。」

紫苑寺說著瞇起眼睛，揮動法杖——不是朝向瑠璃，而是朝向無色。

第五章

【慎入】告訴你克拉拉的祕密吧

這麼做應該是想先解決掉擁有不明力量的無色。瑠璃或許是發現了，倒抽一口氣。

沒想到——

「——不，正所謂『千里之堤，潰於蟻穴』。一陣子不見，你變成老糊塗了嗎，〈樓閣〉的？」

這時，不知從何處傳來一道聲音。

「什麼——？」

紫苑寺狐疑地叫出聲來。

於是霎時間，一隻獸爪從無色刮出的眉月形裂縫中探出，接著使勁扯開裂縫，隨即有一隻狼闖入黑暗的教堂。

——那隻狼有著銀白色的閃亮毛皮和紅色圖騰，十分美麗。

紫苑寺見狀，瞠目結舌。

「……！是弗烈拉的狗！」

他準備朝那隻狼揮下法杖。

然而狼彷彿未受到重力限制般輕快跳躍，咬住了紫苑寺的脖子。

「嘎……！」

紫苑寺當場血花四濺，發出哀號。

與此同時，他手中的法杖與身上的長袍消失在光中，環繞在四周的黑暗教堂也變回原本的景色。

「……唔！呼……！呼……！——」

壓在身上的重力瞬間消失。無色感到肺部急速擴張，咳了幾聲。

「無色！你還好嗎！」

瑠璃擔心地蹲下查看。無色忍著全身的疼痛，擠出笑容。

「嗯，還好……妳呢，沒事吧？」

「沒事——」

瑠璃說著瞥了無色的劍一眼——看來她也很想知道那把劍做了什麼。

但她知道現在不是問這些的好時機。她微微頷首後抬起頭，望向紫苑寺。

紫苑寺已不再飄浮在空中。他仰躺在地，脖子流出大量鮮血。就算不懂醫學的人也看得出那是致命傷。

「剛剛那隻狼是……」

無色嘟囔完，身後傳來一道聲音像在回應他。

「——雖然不知道是誰做的，不過幹得好。沒想到竟然有人能在紫苑寺的第四顯現中開出小縫。」

「艾爾露卡大人——」

瑠璃回過頭，呼喚聲音的主人。

如她所言，出現在那兒的正是〈庭園〉的騎士艾爾露卡・弗烈拉。她渾身浮現刺青般的界紋，跨坐在巨大的狼背上。

不，更正確地說，她的周圍還環繞著許多隻狼——沒有錯，那就是艾爾露卡的第二顯現【群狼(Horkew)】。若葉和哲牙不見蹤影，應該也由狼群對付了。

「艾爾露卡大人，這是怎麼回事？希爾貝爾和紫苑寺學園長他們……」

聽見瑠璃這麼問，艾爾露卡面色凝重地回答：

「我也不清楚事情的全貌，但可以確定——」

艾爾露卡說到一半戛然而止。

理由很簡單，因為明顯受到致命傷的紫苑寺竟坐了起來。

「什——」

而且他脖子上那被狼咬爛的傷口正不斷冒泡，逐漸恢復原樣。詭異的光景令無色嚇得屏息。

「妳挺狠的嘛，艾爾露卡．弗烈拉……」

「──哼，這樣才不算『狠』呢。」

紫苑寺憤恨地瞪著艾爾露卡，艾爾露卡卻瞇著眼，用鼻子哼了一聲。

「艾爾露卡大人，那該不會是……」

「……沒錯，是『不死者』──被困在〈銜尾蛇〉之環中的可悲亡骸。」

「〈銜尾蛇〉……！」

瑠璃聽見那個名字，面露驚詫。艾爾露卡微微點頭後，接著說道：

「──在校內碰到〈樓閣〉的學生，記得將對方視為敵人。不知怎麼搞的，連希爾貝爾也被同化了。

這邊由我來應付，你們趕緊去找彩禍。只有她能搞定這個狀況。」

「可是，彩禍大人早晚會察覺異狀，當務之急應該是阻止紫苑寺學園長。我也留──」

「不行──妳之前的傷還沒痊癒，現在的身體狀況很難發動第三階以上的顯現術式。交流戰有限制顯現階段，還沒什麼關係；但拿出全力的紫苑寺可沒那麼好對付。」

「…………唔。」

之前的傷──應該是指瑠璃上個月和「她」戰鬥時所受的傷吧。瑠璃當時隨即失去意識，也許不記得對方是誰，不過確實曾經和無色一同與「她」交手。

第五章

【慎入】告訴你克拉拉的祕密吧

瑠璃略顯猶豫，但很快就調整好心情，點頭答應。

「……我明白了，祝您順利。」

「呵，妳以為我是誰？」

艾爾露卡聞言，聳了聳肩。

無色等人向艾爾露卡點頭道別後，拖著疼痛的身軀，沿著〈庭園〉中的道路急忙離去。

「…………話說回來——」

目送瑠璃他們離去後，艾爾露卡仍跨坐在狼背上，回頭望向紫苑寺。

「沒想到像你這樣的人也會被同化。

——不過我想你應該不是自願投降的才對。

說吧，究竟發生了什麼事？你若還保有些許身為魔術師的尊嚴，就該努力抗拒不死的誘惑。」

「呵——」

紫苑寺瞇起眼睛，腳下浮現界紋，手中和身上再度出現法杖和長袍。

「不如妳用蠻力來讓老夫招供吧——若妳還保有身為魔術師的尊嚴。」

他說著勾起嘴角。

艾爾露卡聽見他的挑釁——也冷冷一笑。

「好啊，我就陪你玩玩吧。

——放馬過來，『小毛頭』。」

◇

「——不夜城同學！快聯絡魔女大人！」

「我從剛剛就在聯絡了！可是她沒有回我！」

瑠璃在〈庭園〉東部區域的道路上狂奔，這樣回答橙也。她的右手握著第二顯現【燐煌刃】，左手拿著手機。

她一直試圖聯絡彩禍，但都沒有回音——話雖如此，這也是當然的，因為彩禍現在變身成了無色，人就在這裡。

然而其他人不知道實情。同行的仄惴惴不安地說：

「魔、魔女大人該不會已經被打倒——」

「「——不可能。」」

無色和瑠璃異口同聲回答。

他們回答得太快，使仄不由得緊張到聲音變調，說：「說、說得也是～～……」

「……不過可以確定魔女大人尚未行動。如果她已出面阻止，敵人根本不可能這樣為所欲為。她可能因為某些緣故暫時離開崗位，甚或處於抽不了身的狀態。」

「……這樣啊。總之，我們得趕緊找到魔女大──」

橙也話還沒說完，前方半空中就映出希爾貝爾的臉。

『──哎呀呀～～？小瑠、小無、小橙和小仄，你們都在這兒啊？難不成從小星他們手中逃脫了嗎？

各位～～這裡有〈庭園〉的選手喔～～！大家都來爭取高分吧～～！』

於是，她高聲呼喊的同時，校內響起刺耳的侵入者警報。

「什……！」

無色等人愣了一下，前方建築物的暗處隨即跳出兩名手持第二顯現武器的〈樓閣〉魔術師。他們是〈樓閣〉的選手松葉武，以及前選手根岸翔。

「──找到你們了！」

「打倒一名選手可以獲得一百分！」

兩人彷彿在玩遊戲般叫喊，然後高高舉起槌子型和錘矛型的第二顯現。

「嘖——」

「——【點睛畫筆】！」

跑在前頭的橙也和仄舉起第二顆現，擋下對方的攻擊。魔力之光如火花般照亮四周。

「這裡就交給我們！」

「你們去找……魔女大人！」

兩人將〈樓閣〉的魔術師彈開，這麼說道。

無色和瑠璃對看一眼，有默契地同時點頭。

「——拜託你們了！」

「希望你們平安無事！」

他們將現場交給那兩人，衝了出去。身後傳來激烈的打鬥聲。

不過，如今執掌〈庭園〉保全系統的希爾貝爾成了敵人，他們再逃也逃不了多久，只能祈求彩禍早點現身。

為達此目的，無色必須與黑衣會合——這樣他才能變身成彩禍，也才能請黑衣給出下一步指示。他邊跑邊向瑠璃喊道：

「瑠璃！我們分頭行動吧！」

「——啊？你在說什麼？要我拋下你不管嗎？」

第五章

【慎入】告訴你克拉拉的祕密吧

然而，無色的提議立即被拒絕。

「可、可是，如果要找彩禍小姐，這樣更有效率——」

「若我或你被打倒，結果還不是一樣！」

「…………」

無色被她說得啞口無言，失落地垂下肩膀。

但他不能這樣就放棄，畢竟這件事關乎〈庭園〉的存亡。無色握起拳頭，試圖再次說服瑠璃。

然而，就在他要開口的前一刻，制服口袋忽然傳來輕快聲響——是ＳＮＳ「Connect」的訊息通知。

「…………！」

無色倒抽口氣，趕緊從口袋中拿出手機。

是的，現在這世上知道無色ＩＤ的就只有一個人而已。

「黑衣——」

果然是黑衣傳來的。

這是她第一次傳訊息來，無色感動得差點泣不成聲，但仍努力克制自己。這種情況下傳來的訊息，肯定不是抱怨工作或邀他喝茶之類的內容。

無色連忙點開應用程式的圖示，迅速瀏覽全文。

瑠璃見狀，皺起眉頭。

「現在情況這麼危急，你到底在幹嘛？待會再看！」

哎，這也很正常。瑠璃不知道事情原委，當然會有這種反應。

無色將手機收進口袋，向瑠璃喊道：

「瑠璃！是黑衣傳來指示！她要妳帶我去總圖書館的地下二十樓！」

「地下二十樓……是──」

無色說完，瑠璃便驚覺地睜大眼睛。

「封印區域……〈銜尾蛇〉……難道──」

她嘟囔了兩三句後，咬著牙點了頭。

「……跟我來！」

「好！」

瑠璃踩緊地面，變換行進方向。無色也用力蹬地追了上去。

「話說回來，瑠璃，〈銜尾蛇〉到底是……？」

「……我也沒親眼見過，據說是幾百年前由魔女大人打倒的神話級滅亡因子之一。它擁有『不死』的能力，被納入它圓環中的人也會變成不死者──而且，據說連已死之人的肉體都能復活。」

「不死……」

無色想起紫苑寺剛才的模樣，喃喃自語。

「那也是……滅亡因子吧？想要這種能力的人應該很多……」

獲得長生不老的肉體可說是人類的夢想，甚至是宿願。古今中外都有許多當權者追求長生不老的故事。

「嗯，或許是這樣沒錯。」

而瑠璃像是已經料到他會提出這樣的疑問似的回答：

「——然而，滅亡因子不懂什麼叫節制，對任何生物都一視同仁。要是放任它不管，它肯定會讓地球上所有生物不再生病、不再老死，甚至讓已經毀滅的肉體活過來。然後這些生物再無止境地交配、增殖——」

「…………！」

無色聽了，驚訝得難以呼吸。

「最後創造出一個充斥著不死者的世界。所有生物同類相食，不斷復活、不斷繁殖，侵占大地、海洋和天空。

——它是打亂生命循環的無限之蛇。在目前觀測到的滅亡因子當中，堪稱是『最糟糕』

的一個。」

「……原來如此。」

無色勉強擠出聲音，表示理解。

除了「地獄」之外，確實找不到更好的形容方式。

「……據說〈銜尾蛇〉有一部分就封印在〈庭園〉的總圖書館地底。看來就連魔女大人也無法徹底殺死擁有不死之身的〈銜尾蛇〉。」

「原來彩禍小姐也有辦不到的事……」

「不過正是這樣才迷人啊。」

「我懂。」

無色不假思索地點頭贊同瑠璃的話。瑠璃瞬間露出疑惑的表情，但似乎認為是自己聽錯了，便繼續說下去。

「……總之，〈庭園〉地底封印著那怪物的一部分。雖然不知道和當前狀況有什麼關係——既然魔女大人的侍從黑衣叫我們過去，總不會毫無關聯。」

「——也是。對了，瑠璃。」

「怎麼了？」

「剛剛那些好像不是一般學生該知道的資訊，告訴我沒問題嗎？」

第五章

【慎入】告訴你克拉拉的祕密吧

「…………」

聽見無色這麼說，瑠璃沉默了一下。

「看你要保持緘默還是選擇死亡。」

「我、我口風很緊的……」

無色慌張地說完，瑠璃便將視線轉回正前方。

「——看到總圖書館了。」

她說著指向建在中央區域與東部區域之間的巨大建築。無色在校內走動時見過幾次。

〈庭園〉內的建築以現代形式居多，圖書館卻罕見地是古典的洋式建築。

瑠璃抵達圖書館門口，轉動了幾次門把後——

「——喝！」

揮動【燐煌刃】將門砍成兩半。

「瑠璃？」

「校內已經被希爾貝爾控制，門打得開才奇怪——動作快！」

「好、好的……！」

無色嚇了一跳，然而瑠璃說得沒錯。現在分秒必爭，沒時間在意這種小事。

他瞥向顯然深具文化價值的門扉的殘骸，跟在瑠璃身後步入總圖書館。

他們快步穿越走廊，來到一處普通學生禁止進入的空間。

這裡有一座只設有向下按鈕的電梯，電梯門旁邊設有辨識裝置，看來只有少數人才能使用。

但是——

「喝！」

瑠璃毫不遲疑地用第二顯現的刀刃破壞電梯門。

話雖如此，這也沒辦法。畢竟電梯必須依靠電力才能運作，希爾貝爾既然已經成為敵人，這座電梯肯定動不了；就算門開了，兩人搭上去也可能被困在密室中。

無色冒著冷汗這麼心想時，瑠璃抬了抬下巴對他說：

「要上嘍，抓緊我。」

「咦？……這樣嗎？」

無色抓住瑠璃的手臂，只見她皺起眉頭。

「你想死嗎？再抓緊一點。」

「緊一點……」

無色照她說的，用手環住她的身體，緊緊擁抱她。

「什——！你在幹嘛啦，混帳～～！」

被揍了。無色泛著淚鬆開手。

「妳不是叫我抓緊妳嗎……」

「當然是從後面抓啊！像被我揹在背上的感覺！」

瑠璃滿臉通紅地說。無色這次謹慎地從背後環住她，以防再次被揍。

「……好。要抓好喔，一旦鬆手就死定了。」

「呃……瑠璃？妳到底要——」

瑠璃沒等無色說完就揮動【燐煌刃】，在電梯底部開了一個大洞。

接著朝漆黑的電梯井縱身一躍。

她背上的無色當然也一起滑進了黑暗之中。

「嗚——————！哇啊啊啊啊啊啊啊啊啊啊啊啊啊啊啊——————！」

全身突然被失重感包圍。無色雙臂使力，以免被從瑠璃身上甩開。

而瑠璃則一派輕鬆地揮舞【燐煌刃】，用那變化自如的刀刃戳刺牆壁，調整墜落速度。

過了幾秒之後。

兩人抵達最底層，瑠璃輕巧落地，無色也鬆開了手。

「我從此……再也不怕雲霄飛車了……」

「你在說什麼？快，走這邊。」

瑠璃劈開電梯出口的門，催促無色。

無色握緊拳頭好讓指尖停止顫抖，並蹬地向前衝。

接著，他們在走廊上奔跑了一陣子後——終於抵達「那裡」。

牆上密密麻麻寫滿了魔術文字，還有一扇銀行金庫般的金屬門。

此外——

「什……」

看見「早就站在門前的人」，無色不由得瞠目。

這很正常。因為站在那兒的——

「——咦～～？這不是無朽嗎？沒想到會在這兒遇見你。還以為來的會是魔女大人呢。啊，難道是命運的紅線把我們連在一起了？開玩笑的，哈哈～～」

正是邊說邊露出傻笑的鴇嶋喰良。

「喰良……？妳怎麼會在——」

無色說到一半，瑠璃便將薙刀的長柄擋在他面前。

簡直像在阻止無色前進。

第五章
【慎入】告訴你克拉拉的祕密吧

又像在保護無色。

「……你應該沒忘記艾爾露卡大人說的話吧？喰良是〈樓閣〉的學生。」

「…………！」

無色聞言，指尖顫抖起來。

他當然沒忘記，也很清楚這是怎麼回事。

然而，看到喰良極其自然地以如同記憶中的樣子和自己對話，他一時之間仍感到難以置信。

——無法相信喰良竟也是不死者。

「怎麼了？你們在提防我嗎？討厭～我好傷心。我們不是有過親密關係嗎？」

「明明是妳自己貼上去的！」

聽見喰良這麼說，瑠璃憤怒地大吼——但隨即冷靜下來，清了清喉嚨。

「——喰良，很遺憾，我雖然很喜歡妳——不，才沒有。嗯，妳老是纏著無色，還對魔女大人說了很多失禮的話。我這就來修理妳以洩心頭之恨，給我跪下。」

「什麼嘛，一開始還說得那麼好聽～」

喰良不滿地嘟起嘴脣。

但瑠璃仍小心地舉著【燐煌刃】。

「我們知道妳是不死者。抱歉，我不會手下留情的。」

「不不不，可別搞錯了，這位妹妹。本小姐才不是什麼不死者，妳誤會了。」

「……都到了這個時候還想狡辯？」

瑠璃的目光越發銳利，將第二顯現的刀刃對著喰良。她頭上的兩片界紋也感應到那股氣勢，散發更強烈的光芒。

然而——

「——沒錯，喰良小姐確實並非不死者。」

這時，身後傳來一道冷靜的聲音。

「……！黑衣！」

無色呼喚她的名字。黑衣靜靜走上前，站在瑠璃身邊。

「太好了，妳平安無事。」

「是的，真是好險——多虧有位善心人士在電梯底部開出大洞，我才能抵達這裡。我之後會將謝卡連同賠款單一起寄過去。」

「………………」

黑衣半開玩笑地說完，瑠璃臉上滑落一道冷汗。

「……不過，黑衣，這是怎麼回事？為什麼說喰良並非不死者？」

第五章

【慎入】告訴你克拉拉的祕密吧

瑠璃趕緊轉換話題。黑衣盯著喰良的眼睛說明：

「所謂的不死者，是被困在〈銜尾蛇〉圓環中，無法死亡的生物。

……我來到這裡後才意識到，她並非不死者——而是『更可怕的東西』。」

「——」

喰良聞言，勾起嘴角露出詭異的笑容。

那冷酷的表情和她之前給人的印象完全不同。無色嚇得心臟猛烈收縮。

「哈哈哈……竟然說我是更可怕的東西，說得真難聽。

不過——哎，就當作妳答對好了。」

喰良說完便轉向無色等人，緩緩張開雙臂。

隨著她的動作，她身上開始冒出濃密的魔力。

「——瑠璃小姐！」

「我知道！」

黑衣出聲提醒瑠璃並掀起裙子，抽出繫在大腿上的飛刀，扔向喰良。

與此同時，瑠璃像在呼應黑衣般揮舞【燐煌刃】。變化自如的藍色刀刃宛如鞭子彈動之後，像被喰良吸引似的朝她伸去。

「唔——！」

——下一刻，黑衣投擲的飛刀在喰良身上炸開。看來飛刀上似乎刻有某種術式。無色在強烈的衝擊波下縮起身子。

然而……

「——哎呀～～真的毫不留情呢。不過本小姐並不討厭這種猛攻。」

喰良泰然自若的聲音從灰濛濛的煙霧後方傳來。

而後煙霧散去，眾人終於看清後方的全貌。

「……！」

無色見狀，不禁倒抽口氣。

這是當然的。因為喰良下腹部浮現愛心界紋，雙手中出現附有臂甲的鏈鋸，臂甲的外型恰似棺材，身上則出現色彩鮮豔的服裝。

「第三顯現……！」

瑠璃的驚呼在封印區域中迴盪。

「啊哈哈，嚇到了嗎？嗯～～不過好戲還在後頭呢——！」

引擎發動的轟隆聲瞬間響起，喰良左右兩手的鏈鋸開始高速旋轉。

同一時間，喰良蹬地朝無色他們撲了過來。

「唔——！」

第五章

【慎入】告訴你克拉拉的祕密吧

瑠璃舉起【燐煌刃】擋下喰良的攻擊。

一陣快得看不清的攻防就此展開，魔力之光如火花般四處飛濺。

「——喝！」

「哎呀。」

瑠璃大喝一聲，【燐煌刃】的刀刃隨即膨脹。喰良的動作霎時停止。

「無色先生！」

「是！」

無色回應黑衣的呼喊，變出第二顯現【零至劍】。黑衣也在同時再度朝喰良投擲飛刀。

「嗚喔，好危險——」

喰良輕巧地將身子後仰，跳向後方避開攻擊。

不過，這正合瑠璃的意。

「——喔喔喔喔——！」

瑠璃轉圈甩動手中的長柄。接著【燐煌刃】的刀刃就像有自我意識般蠢動起來，斬斷喰良的頭。

「哦——？」

喰良的首級維持著目瞪口呆的神情在空中翻滾，鮮血宛如花朵濺在地下設施的牆壁、地板、天花板上。

沒想到……

「什……？」

瑠璃的聲音透著驚慌。

這反應很正常。因為本該已經喪命的喰良竟然在自己的首級落地之前，伸手抓住了它。

「哎呀～～嚇死我了。還以為自己要死了——沒有啦。」

喰良一派輕鬆地說完，將首級扔回脖子上。

那顆頭一回到原位，立刻發出冒泡的噗滋聲，和脖子完美接合。

「嗯～～這樣不行。我因為自己不會死就掉以輕心，沒有確實防禦，得好好反省一下。——不過妳膽子還真大啊，這位妹妹。我長得人模人樣又能溝通，一般人會毫不猶豫地砍下這種對象的頭嗎？」

「……身為魔術師就該如此。」

「咻～～帥斃了。」

喰良吹了聲口哨，將頭左右擺動，確認連接處的觸感。

「哎，本小姐當然不會輸給你們，不過一對三打起來還是有點麻煩——應該還有庫存吧……嘿咻。」

第五章
【慎入】告訴你克拉拉的祕密吧

她說著身體向前彎，將鏈鋸插在地上。
然後像要鑿穿地板般，轉動鏈鋸的刀刃。
「芝麻開棺！」
於是，她身後的地板登時冒出兩副貼滿閃亮水鑽、裝飾得過於華麗的棺材，彷彿被旋轉的刀刃捲上來一般。
然後從那兩副棺材之中——
「…………」
「————」
走出兩名身穿〈樓閣〉制服的學生。
「什……！」
「這是——」
無色和瑠璃發出驚呼，喰良從容地拍了拍兩名〈樓閣〉學生的背。
「——如何？受到本小姐的第二顯現【生生不轉(Endlesser)】之刃誘惑的人，都不會再『生病』或『老死』喔。厲害吧？」
喰良說著嘻嘻笑了起來。
瑠璃見狀，眼神變得更加銳利而充滿殺氣。

「……妳在說什麼？超過一百個來到〈庭園〉的〈樓閣〉學生，該不會全都被妳給殺了吧……？」

「嗯～～不算殺啦，不過感覺差不多。當時正值交流戰前，這次交流戰在〈庭園〉舉行，對我來說正好——哎呀～～雖然同樣是魔術師，竟然讓一百多個外人進入自己的地盤，也太沒戒心了吧？不過倒是幫了本小姐一個大忙。魔術師總以為只要和滅亡因子戰鬥就好，對夥伴都沒什麼防備耶～～」

「妳的目的……究竟是什麼——！」

瑠璃說完，喰良勾起嘴角，彈了一下手指。

「那還用說？」

於是，像在回應她的召喚，電子音沙沙響起，而後現場出現一名銀髮少女——〈庭園〉的管理AI希爾貝爾。

「希爾貝爾……！」

『不愧是小瑠，地面處於混戰狀態，妳卻未受影響，找到了這裡。一定要稱讚妳一下，好棒好棒好棒。』

希爾貝爾用一如既往的溫柔語氣說完，在空中翻了一圈，繞到喰良身後。

接著伸出手臂環住她的肩膀，繼續說道：

第五章

【慎入】告訴你克拉拉的祕密吧

『但是，不可以妨礙小喰喔～』

——「她大小姐好不容易才走到這一步」。』

「…………唔。」

聽見那不同於以往的用詞，瑠璃皺起眉頭。

「……連希爾貝爾也被妳收服了？什麼時候、怎麼做到的……」

「哎呀，這就是商業機密啦。別看本小姐親切就以為什麼事都會告訴你們喔～」

喰良嘻皮笑臉，歪了歪頭。那戲謔的態度讓瑠璃額頭爆出青筋，但內心知道就算罵她也沒用，因此只狠瞪了她一眼。

實際上，喰良的魔術無比強大，想怎麼用都可以。即便希爾貝爾的功能再強，畢竟還是人工智慧。若做得極端些，其實只要將能夠控制ＡＩ的技術人員變為不死者就行了。

不，說不定凡是喰良認定為「生物」的存在，都能被納入圓環中……如果真是如此，那他們就真的無計可施了。

喰良笑嘻嘻地看了看無色他們，然後用臉磨蹭希爾貝爾的臉頰。

「希爾姊，那就麻煩妳嘍。」

『好、的♡』

希爾貝爾應喰良的要求，伸出食指轉動了幾圈。

隨後封印區域最深處的控制器傳來電子音，厚重的金屬製大門緩緩敞開。

「…………！」

無色看到門後的東西，不禁瞪大雙眼。

——那是一顆被透明水晶包覆的巨大心臟。

不會錯，那就是傳聞中的〈銜尾蛇〉一部分。

「啊～～終於找到你了，那就趕緊——」

喰良以陶醉的語氣說完，將手伸向心臟。

「——別讓她碰那東西！」

黑衣倏地大喊，音量大得不像平時的她，讓人明白事情的嚴重性。無色和瑠璃聞言，猛然蹬地躍起。

「啊啊啊啊啊啊——！」

然而，剛才從棺材中走出來的那兩名〈樓閣〉學生卻變出第二顯現，擋在他們面前。

「嘖——！」

瑠璃大刀一揮，將前方的〈樓閣〉學生擊倒。與此同時，黑衣射來的飛刀也刺中無色面前的學生。

「拜託你了，無色先生！」

「是……！」

無色推開失去平衡的〈樓閣〉學生，徑直朝喰良衝去。

於是，喰良看到後，臉頰微微泛紅。

「哎呀，無朽好熱情喲。原以為你是可愛型的男生，想不到你也有強硬的一面——但是～～可不能打擾女孩子梳妝打扮喔。」

她說著便將鏈鋸刀刃插入地面。

伴隨著一陣劈哩啪啦的巨響，出現一副巨大棺材，蓋子自動打開。

「什——」

無色看到裡頭跳出的東西，全身瞬間僵住。

然而，任誰都會有這樣的反應。

畢竟棺材中跳出來的不是〈樓閣〉的學生，連人類都不是——

而是氣勢洶洶，宛如凝膠的生物。

「——〈史萊姆〉！」

無色的喉頭發出慘叫，腦袋卻意外冷靜，看清楚對手的樣貌。

是的，那正是災害級滅亡因子〈史萊姆〉，而且大小和前幾天襲擊無色的那隻集合體類似。

這時他忽然想起——當時打倒那隻〈史萊姆〉的也是喰良。

——被她用第二顯現殺死的生物再也不會死亡，而且會成為她的僕從。

如果她說的是真的，這一切便說得通了。她當時用的武器確實是鏈鋸型的第二顯現。

「——無色！」

瑠璃的聲音從後方傳來，無色的身體隨即被拉了過去。

看來她似乎是操控【燐煌刃】讓刀刃變形，將無色拉向後方。〈史萊姆〉砰的一聲在無色原本站的位置炸裂開來。

「抱歉，謝謝妳，瑠璃！」

「不客氣！更要緊的是——」

剎那間——

刺耳的破裂聲和眩目的光芒打斷了瑠璃的話。

「……唔！」

幾秒之後，聲音和光芒才逐漸消失。

封印區域最深處可以見到粉碎的水晶殘骸，以及滿意地舔著嘴脣的喰良。

「啊——！……呼——」

喰良沉醉在幸福感中，深深吐氣。

第五章

【慎入】告訴你克拉拉的祕密吧

她的形貌一如既往，渾身卻散發出原本沒有的異樣氛圍。

「……！那顆心臟、在哪裡……」

瑠璃表情透著恐懼，勉強擠出聲音問道。

於是，黑衣也眉頭深鎖地回應：

「……是融合術式，果然沒錯。」

「……！融合術式——」

聽見黑衣這麼說，無色不禁啞然。

他對這名稱有印象——對，大約一個月前瀕死的彩禍將自己和瀕死的無色融為一體時，用的就是這項魔術。

這意味著，喰良她——

「哦？妳腦筋轉得挺快的嘛，當女僕太可惜了。」

喰良以嬉鬧的語氣說完，原地轉了一圈。

「——答對了。本小姐是人類和滅亡因子的融合體（Hybrid）。哎，雖然這麼說，目前也只有『頭』和『心臟』而已，呀哈哈。」

她說著笑了起來。

沒錯，就像現在身處在此的「無色」是「玖珂無色」和「久遠崎彩禍」的融合體一樣。

——她也是「鴇嶋喰良」和〈銜尾蛇〉的融合體。

瑠璃警戒地舉著第二顆現，呻吟般問道：

「……妳做了這麼多，一切都是為了這一刻嗎？」

「唔？」

「不管是接近無色，或向魔女大人下戰帖——都是為了得到〈銜尾蛇〉的心臟嗎？」

喰良聽完瑠璃的話後，微微聳肩。

「喔……妳可別搞錯了。本小姐來〈庭園〉最大的目的確實是為了奪取『心臟』，但對無朽心動也是真的。」

「畢竟——」喰良接著說道：

「——打倒『那個女人』的男生……超令人心動的吧？本小姐當然想方設法要把他弄到手。」

「……唔！」

「…………」

聽見喰良這麼說，無色倒抽一口氣，黑衣則瞇起眼睛。唯有瑠璃不解地皺起眉頭。

不過仔細想想，喰良確實有可能知道這件事，因為她控制了希爾貝爾。

——無色回想了一下和喰良初遇時的情景。

第五章

【慎入】告訴你克拉拉的祕密吧

沒錯。當他接住從中央校舍屋頂墜落的喰良時，喰良就已經認識他。後來瑠璃跑來，說無色被選為交流戰代表，無色沒有多想，認為喰良應該是看了那則公告才會認識他——

喰良究竟是什麼時候看見公告的？

按瑠璃的個性，應該是一看到公告就開始找無色，而且校內範圍有限，用不了多久就能找到他。

——說不定希爾貝爾落入喰良手中的時間，比無色等人想的更早。

黑衣似乎也有類似的想法。她彷彿察覺到什麼似的喃喃說道：

「……原來如此。無色先生之所以被選為交流戰代表，也是妳設計好的嗎？」

「呵呵，被發現啦？我想見識一下無朽的英姿，就拜託希爾姊幫我。因為之前那場戰鬥只留下簡單的紀錄，沒有詳細過程。

——不過我還是決定趁交流戰時溜來這裡，結果什麼都沒看到耶～～哎呀～～本小姐從以前就常因為想做的事太多，導致計畫半途而廢。但你們不覺得這樣也很可愛嗎？什麼？這種話不該由自己說？」

喰良以輕鬆的語氣笑著說完，「嗯～～……」地伸了個懶腰。

「好～～……最重要的目的達成了，本小姐差不多該撤了——」

她說著用那雙彎成眉月形狀的眼睛望向無色等人。

「──話說，現在剛好有空的棺材喔。」

「「……………！」」

無色等人聞言，全身緊繃。

喰良見狀，忍不住笑了起來。

「別這麼害怕嘛。

──我只是要帶你們到一個不老不死的天堂。」

話一說完──

喰良的腹部周圍便冒出雙股螺旋狀的界紋。

「……！第四顯現──！」

「嗯，不能在這邊耗太多時間，還是趕緊拿出殺手鐧吧。只有『頭』的時候還不太順利，不過現在感覺應該沒問題──」

喰良狂妄地咧嘴一笑，露出尖銳的犬齒，將左右兩把鏈鋸交叉在身前。

「第四顯現──【輪迴現生大祝祭（Reincarfest）】。」

喰良唸出這個名字的同時──

她周圍的空間出現龜裂，並逐漸擴大，侵蝕整座封印區域。

第五章
【慎入】告訴你克拉拉的祕密吧

最後，那幅景象如同玻璃般碎裂——
才一眨眼的工夫，四周就變成「喰良的空間」。
「什——」
放眼望去皆是荒涼的墓地。然而，豎立在這片黑色原野上的每座墓碑都呈現刺眼的鮮豔色彩，或是刻著滑稽的角色圖案。
簡直就像一部詭異的美式卡通的背景，可說是一個混雜了喜劇與恐怖元素的混沌空間。
不過，或許沒有比這更好的景象能夠代表鴇嶋喰良這個人。
「——好，起來吧，睡覺時間結束嘍！」
喰良張開雙臂，像在呼喚什麼似的喊道。
於是，彷彿在回應她的呼喚，地面開始隆起，從中爬出無數具人骨。
「……！什——」
「〈骷髏〉……？不對，這是……」
無色和瑠璃嚇得屏息，喰良則微微搖頭。
「哎喲，把他們誤認為那種瘦巴巴的滅亡因子，就太對不起他們了——你們對偉大的學長姊都沒有一絲敬意嗎？」
「學長姊……？呃，該不會——」

瑠璃察覺到什麼似的睜大了眼睛。

喰良以她的反應為樂，笑著點了頭。

「沒錯，本小姐的【輪迴現生大祝祭】能夠喚醒在這片土地上殞命的所有生物——幾百年來〈庭園〉的師生不斷和滅亡因子搏鬥，應該有很多魔術師長眠於此吧……嘿咻。」

喰良說著輕巧地跳了起來，蹲在一座墓碑上。

接著露出魅惑的笑容，望向無色。

「——無朽，要不要和本小姐一起走呢？我是真心喜歡你喲。如果你怎樣都不願意，我可以破例讓你保有『死亡』的權利。

來吧……和本小姐一起創造新〈世界〉吧？」

喰良用撒嬌的語氣說完，微微歪頭。

然而，無色毫不猶豫地搖頭拒絕。

「沒辦法。」

「討厭～～為什麼？」

「——因為我不能背叛彩禍小姐。」

「…………」

無色堅定地說道，令喰良一瞬間面露不悅。

第五章

【慎入】告訴你克拉拉的祕密吧

「……啊哈哈，那就沒辦法了——」

但她隨即笑了起來，俯視底下滿坑滿谷的骸骨，口氣輕快地說：

「你們的體態看起來不太豐腴耶，可能因為我只蒐集到『頭』和『心臟』吧。

——幸好數量足夠。早點把他們解決掉吧。

好了，各位，派對要開始了。能將他們三個一網打盡最好，最差的情況，就算只有無朽一個人也沒關係。不過可別殺他，本小姐要親自引導他進『圓環』。扯斷手腳倒無所謂，因為之後還會長回來☆」

喰良交代完，從地底冒出的那些骸骨全都喀啦喀啦地猛點頭。

「很好，那就上吧。

——節～～～～～目、開～～～～始～～～～～～～！」

喰良一聲令下。

數量驚人的骸骨一同襲向無色等人。

「唔……【燐煌刃】！」

瑠璃揮著第二顯現，將逼近的骸骨全部掃除。

然而，骸骨崩解之後立即組合成相同形狀，再度進軍。

每一具都不強，問題在於那多如牛毛的數量以及不屈不撓的特性。這樣下去，無色等人遲早會被擊垮。

「——無色先生！」

黑衣似乎也做出同樣的判斷，望向無色大喊。

「…………！」

不用多說什麼，無色也明白她的意思。

是的，她想說的是——必須在此進行存在變換。

「可是瑠璃也在——！」

「現在管不了那麼多了。想脫困只能這麼做。」

「……！知道了！」

黑衣說的沒錯。如果為了保守祕密而被擊倒，等於本末倒置。無色下定決心朝黑衣邁步，準備接受魔力供給。

「——哦？雖然不知道你想做什麼，但不會讓你稱心如意的。」

然而，喰良似乎注意到了他的動作。她舉起鏈鋸指向無色和黑衣。

於是，手持長槍型第二顯現的〈樓閣〉學生遵從她的指示，朝他們襲來。

「唔……！」

那攻擊的速度和品質都遠在骸骨之上。被突襲的無色來不及防禦或閃避，只能咬著牙等待攻擊落在自己身上。

然而──

「──危險！」

下個瞬間，傳來黑衣的聲音。無色感受到一陣撞擊，被人推向後方。

看來是黑衣出手救了他。

但當無色意識到這一點時──

「……！黑衣！」

第二顯現的長槍已經深深刺入黑衣的胸口。

「咳……呼──！──」

黑衣虛弱地吐了口氣，鮮血從她口中噴出。

「唔──啊啊啊啊啊啊啊！」

無色看到這一幕，雙眼圓睜，用手中的【零至劍】砍斷對手的長槍。

長槍型第二顯現瞬間化作光消失。無色隨即扭過身接住癱軟的黑衣，並將〈樓閣〉學生踹飛。

「──────」

〈樓閣〉學生連半聲悶哼都沒有就倒在地上。

不過無色完全不在乎對手，一味呼喊著胸口流血的黑衣。

「黑衣！黑衣！怎麼……會這樣——」

「請冷靜……一點，你忘……了嗎？這種程度——我是不會死的……」

「…………！」

無色聞言，肩膀一震。

是的，這過於衝擊的景象令他差點失去理智，經黑衣提醒才想起她的身體是義骸。即使這副身體停止運作，靈魂仍能轉移至其他義骸上。

黑衣看出無色已慢慢恢復冷靜，微微點頭說：

「可是……我這樣……無法供給你——足夠的魔力。沒……辦法了。雖然不太……情願……」

接著，她小聲對無色說完「那句話」後，用微微顫抖的手指輕觸無色的雙唇。

「——」

「……接下來、就拜託你了。請守護……我的〈庭園〉——」

黑衣說完這句話後，就再也沒開口。

瑠璃眼角餘光瞧見這一幕，一邊應付數不清的骸骨一邊叫道：

「黑——黑衣？無色，你應該記得應急用的魔術吧？快幫她止血——」

第五章

【愼入】告訴你克拉拉的祕密吧

「…………」

無色卻用顫抖的手將黑衣放在地上，緩緩站起身。

雖然知道是義骸，但要棄置她的身體，無色內心還是有些抗拒。他甚至緊咬下脣，咬到都流血了。

不過，黑衣奮不顧身救回無色，無色不能讓她的努力白費。

「——瑠璃。」

無色冷靜地呼喚對方。

「什麼？別放棄啊！我們撐下去的話，待會艾爾露卡大人一定會——」

「——妳可以跟我接吻嗎？」

聽見無色的請求——

「……………………什麼！」

瑠璃一臉莫名其妙，發出變調的聲音。

是的，黑衣最後交代的正是這個。

她用盡最後一絲力氣，將某種術式留在無色的脣上。

——「能讓無色暫時從黑衣以外的人那裡吸收魔力的術式」。

「這、這種時候，你在說什麼！不、不能放棄啦！就算想留下最後的回憶也不能——」

然而，不知道實情的瑠璃聽了卻滿臉通紅，發出哀號般的聲音。即使如此，她揮舞薙刀的動作仍乾淨俐落，這或許就是她能當上騎士的原因。

「──拜託了，瑠璃。」

「不，可是，我──」

「我只剩下妳了。」

「……！就、就算你這麼說……」

「抱歉這樣勉強妳。我知道妳不願意，但是──」

「我、我沒有說不願意啊～～！」

瑠璃的臉紅得像番茄，奮力揮舞【燐煌刃】。她的注意力不但沒被分散，攻擊威力反而更加強大，頭上的界紋也比之前更亮。

「哇喔……你們果然是這種關係。兄妹的……禁忌之戀。」

喰良在旁端詳了一會後說道。

「不過──本小姐可不會坐視不管喔。就算說妳是他妹妹，我也不會把心愛的無朽交給妳──喝！」

喰良舉起手來發號施令。

無數骸骨跟隨她的指揮，化作波浪湧向無色。

第五章

【慎入】告訴你克拉拉的祕密吧

「唔哇——！無、無色——！」

「瑠璃……！」

瑠璃被那波骸骨巨浪越推越遠。

不，不只如此，連喰良也舉著一對轟隆作響的鏈鋸，像在追趕那群骸骨般衝了過來。

「好了，無朽——共舞的時刻到了！」

「唔……！」

無色怒瞪襲來的喰良，不甘地咬牙。

看來喰良打算和他一決勝負。這樣下去，無色肯定會被她親手納入「圓環」，變成不死者。

想當然耳，與無色共用身體的彩禍也會因此敗在喰良手中。

「不會——讓妳得逞的！」

無色緊握第二顯現的劍柄，做好準備迎戰喰良。

「咻～～——正合我意！」

喰良察覺到無色的行動，覺得有趣似的勾起嘴角。

「——好，本小姐會溫柔地抱緊你的！」

喰良叫喊完，高高舉起發出刺耳聲響的鏈鋸。

揮舞的速度雖快——但充滿破綻。

她顯然大意了。

這破綻來自她的不死之身。無論遭受怎樣的攻擊都不會死的絕對優勢，促使她的享樂主義性格滋長、危機意識麻痺。

這一絲絲的機會，是無色獲勝的唯一希望。

「喔喔喔喔喔喔喔——！」

無色將劍流暢地轉為水平突刺的姿勢，把劍尖對準喰良。

——他集中注意力。

內心想像的是彩禍的笑容。

正常來說，在戰場上想這個並不合適。

但是無色對此非常篤定。

他相信這個畫面最能讓自己自由操縱魔術。

因為他的第二顯現是藉由彩禍的身體萌生、受彩禍的聲音引導、為了保護彩禍而生的魔術——！

「——【零至劍】——！」

無色頭上的界紋更加明亮，透明的劍劃破空氣。

第五章

【慎入】告訴你克拉拉的祕密吧

他的第二顯現宛如被吸入似的朝喰良直奔而去。

「【生生不轉】！」

與此同時，喰良也朝無色舉起鏈鋸，從左右兩側斜斜地往下揮砍。

兩把鏈鋸交叉，形成一個叉號，【零至劍】正好碰觸到叉號的中心點。

兩把發出轟響的巨大鏈鋸，對上一把柔弱的劍。按理來說，無色的劍應該會被彈飛，以失敗告終。

沒想到——

「——咦？」

無色的劍觸碰到喰良的【生生不轉】那瞬間——

【生生不轉】便出現裂痕，一聲不響地碎裂。

「————！」

無色看著這一幕，更加用力地握緊劍柄。

——老實說，這是一場賭博。

因為他還沒完全弄清楚自己的第二顯現具備什麼力量。

一般而言，魔術師在成功變出顯現體時就能出於本能察覺到顯現體具備的力量，但無色是利用彩禍的身體記憶，以強硬手段學會魔術，因此對自己的能力一知半解。

不過，無色在自己與「她」，還有與哲牙、紫苑寺的幾場戰役中，找到一項共通之處。

沒錯。雖然程度各異，但無色的【零至劍】每次都能毀壞對手的顯現體。

無色目前仍不知道這件事具體來說代表什麼，也不曉得這是經由什麼原理達到的。

但如果無色的推論正確……

他的劍應該也能破壞喰良的第二顯現。

於是，【零至劍】果真擊碎了【生生不轉】。

——不過……

「……唔！」

無色不禁倒抽一口氣。

【生生不轉】碎裂四散後，下一秒，無色手中的【零至劍】也化作光消失。

難道是兩相抵消——不，無色的顯現體會消失應該是因為魔力耗盡。他才剛學會變出第二顯現，可能是長時間使用過度了。

「呀——哈——」

喰良見狀愣了一下，隨即明白是怎麼回事，臉上再度露出笑容。

是的，從剛才哲牙的例子可以知道，魔術師只要魔力尚未耗盡，仍能重新變出顯現體。

「本小姐有點嚇到，不過你好像已經沒力了呢，無朽。」

喰良說完，下腹部再次浮現閃亮界紋。

「——」

和無色料想的一樣，喰良的魔力尚未耗盡。要不了一眨眼的工夫，她就會變出【生生不轉】，攻擊無色。

已然喪失第二顯現的無色根本無從防禦。

兩人的距離近得能感受彼此氣息，無色腦中閃過絕望的念頭。

這時——

「啊——」

無色察覺到一件事。

——或者說驚覺更為貼切。

原以為自己手中什麼都不剩，其實仍留有一縷希望。

這是無色所能想到的方法當中最糟糕的一個。儘管身陷險境，他還是有些後悔想到這個方法。

然而——

（……接下來、就拜託你了。請守護……我的〈庭園〉——）

剎那間，無色腦中響起黑衣的話語。他用力咬緊牙關。

啊啊——他恨透了自己的天真。

他的問題在於理智上雖然明白情況緊急，內心卻仍未做好覺悟。

——現在在他面前的是誰？是將一百多名〈樓閣〉魔術師變成不死者、傷害瑠璃和黑衣、正準備破壞〈庭園〉的滅亡因子。

——還有，他曾對彩禍許下什麼承諾？

——「她」又託付給他什麼……！

他要保護彩禍，和彩禍一起拯救世界。

這絕對不是一條好走的路。

所以他更不能有所猶豫，一瞬間都不行——！

「——唔！」

無色當機立斷，在喰良變出【生生不轉】之前衝上前去。

「咦——？」

於是，喰良見到這意料之外的舉動，目瞪口呆。無色隨即用手扶住她的臉——將自己的脣壓在她的脣上。

「…………！」

這突然的吻讓喰良驚慌失措。

——自己竟和黑衣以外的女性接吻。這股悖德感令他產生強烈的自我厭惡。

不過——這樣「條件」就達成了。

無色決定倘若彩禍要求，自己願意將身體歸還給她之後切腹謝罪，並且發動了雙臂上的術式。

一瞬間——

他感覺到喰良的龐大魔力湧向自己。

「……？……！」

冷不防地被無色強吻，令喰良大腦一片空白。

——咦？為什麼？太突然了吧？討厭，無杇這個色鬼。

剛取回的心臟怦然跳動，困惑與狂喜的感覺在腦內擴散。

看來無色被逼到走投無路，終於決定和喰良在一起。那麼喰良也該溫柔地接受他，因為他打倒了那可恨的「女人」，又是喰良從那「女人」手中搶來的人——

想不到……

「——什麼——」

下一刻，喰良發出怪叫。

這也無可厚非。

因為眼前的無色身體泛起淡淡的光芒——登時變身成另一個人。

暖陽色長髮、端正的五官、坐鎮在臉中央的五彩雙眸。

是的，和〈銜尾蛇〉融合的喰良不可能看錯。

這個人無疑就是——

「久遠崎、彩禍……！」

過去打倒〈銜尾蛇〉，將其身體分割成二十四份的可恨女人。

「喰良。」

彩禍靜靜地開口。

但那語氣和喰良認識的「彩禍」略有不同。

「妳剝奪了〈樓閣〉師生『死亡』的權利，傷害黑衣和瑠璃，還企圖破壞彩禍小姐珍視的〈庭園〉。

——我絕不會原諒妳。」

「……唔？」

喰良腦中亂成一團。那確實是彩禍的聲音，身上散發出的氣質卻和她心愛的無朽相同。

第五章

【慎入】告訴你克拉拉的祕密吧

「……我想妳也有妳的苦衷，也有妳的理由。

但妳若想為此奪走彩禍小姐珍視的事物──」

那個人話語中透出一股平靜的決心，繼續說道：

「我會不惜摧毀那一切，將妳打倒。」

說完之後緩緩垂下眼睫──接著再度露出五彩雙眸。

這時──

眼前的人已經完全化身為「久遠崎彩禍」。

她臉上泛起自信的笑容，開口說道：

「不好意思，無色說他不能跟妳交往。

──剛剛那一吻是臨別之吻。死心吧。」

簡短地拒絕之後──

彩禍頭上立刻浮現猶如魔女帽子的四片界紋。

「萬象開闢──」

──嘹亮的聲音響起。

無色喉頭發出美麗的音色。

那既是他的聲音，也不是他的聲音。

那些話源自久遠崎彩禍，別名極彩魔女的最強魔術師。

實際上，他雖然能感覺到自己的喉嚨在震動，卻幾乎是下意識說出這串話語。

「天地於焉歸吾掌中。」

眼前亮起夢幻的五彩光芒。

那是彩禍的魔力之光，堆疊在頭上的四片界紋光輝。

以那道光為中心，周圍的景象開始扭曲——

世界逐漸染上不同顏色。

變身為彩禍的無色渾身充滿一股無所不能之感，發動第四顯現。

「向吾宣誓恭順，

——吾願收汝為新娘。」

昏暗的墓地景色被無邊無際的蒼穹覆蓋。

天上地下出現數不清的摩天大樓，宛如野獸的巨顎襲向喰良。

這是彩禍的第四顯現，亦是她成為最強魔女的關鍵。

這座無敵的都市迷宮能夠消滅裡頭的一切。

「——————」

喰良茫然自失地被第四顯現包圍，最後定睛看向化身為彩禍的無色臉龐。

「——噢，原來是這麼回事啊——」

她看透一切似的喃喃說道。

「什麼嘛，太狡猾了吧。無朽和妳竟然是『一體的』——那本小姐豈不是從一開始就沒機會介入嗎？」

——這是喰良說的最後一句話。

她的身體隨即像風中飛舞的塵埃，被巨大的建築群吞噬。

✡終章　叛徒喰良

「瑠璃，妳沒事吧？」

「……嗯，沒事。」

彩禍的第四顯現覆蓋一切，消滅喰良之後。

無色連忙衝向待在地下封印區域角落的瑠璃。

順帶一提，他已恢復成「玖珂無色」。他的身體或許仍無法適應由黑衣以外的人供給魔力，因此第四顯現一解除，他頓時恢復原樣——絕不是因為見到彩禍的身體而感到興奮。應該不是。

封印區域也恢復成原本的樣子，現在這裡只剩無色、瑠璃，以及傷痕累累倒在地上的喰良。她是不死之身，應該不會這樣就死去，但似乎昏了過去。該趁現在將她綁起來。

這時，瑠璃懊悔地皺著眉說：

「……黑衣，要是我……狀態夠好……」

「……不是妳的錯，不用自責。」

「可是——」

「——妳叫我嗎？」

瑠璃說到一半，黑衣忽然從無色身後探出頭來。

「嗚、嗚哇啊啊啊啊啊啊啊啊啊啊啊啊啊啊啊啊——————！」

瑠璃大聲尖叫。但黑衣一點也不驚慌，只歪了歪頭。

「哎呀，妳沒事吧，不夜城騎士？」

「為、為為為為為為什麼妳還活著？啊——難道妳變成了不死者……？」

「誰是不死者了？」

黑衣略顯不悅地說。她當然不是不死者。現在出現在這兒的，應該是已經完成靈魂轉移的備用義骸。衣服上刻意抹了些假血魚目混珠，但身上半點傷都沒有。她可能將停止運作的義骸收回，或藏到暗處去了。

然而瑠璃不知實情，慌亂地指向黑衣。

「妳明明已經死透了！長槍刺穿了妳的胸口耶！」

「妳可能在混戰之中看錯了吧？我其實傷得並不重。」

「是、是嗎……？」

瑠璃依舊一臉狐疑，但見到黑衣本人活蹦亂跳，好像也只能相信她的話。接著瑠璃拉住黑衣的手站了起來。
黑衣拉起瑠璃後，望著她和無色，微微點頭。
「——話說，妳表現得真好，不夜城騎士，還有無色先生。多虧有兩位，〈庭園〉才能得救。」
「……這麼說太誇張了。我們從頭到尾都被喰良玩弄，最後是魔女大人——」
這時，瑠璃像是想起什麼似的眉毛一顫，望向無色。
「…………」
「瑠璃？」
「呃……沒什麼。對了，魔女大人呢？我被骸骨包圍，沒看清楚——剛才的第四顯現應該是魔女大人發動的吧？」
「嗯……是啊。她打倒喰良之後馬上就離開了。」
無色試圖含糊帶過。瑠璃聞言，疑惑地皺眉。
「……她在千鈞一髮之際現身，從外部入侵已經發動的第四顯現，瞬間打倒喰良，沒有露面就離開了？」
「這、這個嘛……」
這樣未免太過湊巧。無色臉上冒出冷汗。不過——

「也太帥了吧……」

瑠璃對彩禍的仰慕讓她自動忽略了一些不合理的地方，而且她似乎沒看見無色變身成彩禍的過程。無色額頭上冒著汗，暗自鬆了口氣。

瑠璃也嘆了口氣轉換心情，面向無色等人。

「……不過還好大家都沒事。黑衣被打倒時，我真的不知所措……」

瑠璃說到一半停了下來，臉頰一下子染上紅暈。

「瑠璃？怎麼了？妳臉好紅……」

「沒、沒有啦，我才沒有臉紅……可是你在黑衣倒下後說的那些話……」

「哪些話……？」

無色聞言，肩膀一震。

是的，雖然最後沒達成，但無色畢竟還是向瑠璃索吻了。

一想起這件事，他立刻雙膝跪地，手撐在地上向瑠璃低頭賠罪。

「對不起！」

「咦……咦咦？」

見無色突然道歉，瑠璃嚇得身體抖了一下。無色不顧她的反應，深深低著頭繼續說：

「雖說我也是情非得已，不過沒考慮到妳的心情，說出那種話……真的很抱歉。」

終章

叛徒喰良

「用不著一直道歉啦……畢竟，我也不是不能理解你的心情……」

兩人對話到一半，電梯方向突然傳來聲響。

沒多久，艾爾露卡騎著狼抵達。她似乎經歷了一場激烈的戰鬥，白袍衣襬都燒焦了。

「──喔，兩位辛苦啦。這兒看起來好像擺平了。」

「艾爾露卡大人──」

瑠璃察覺到她到來，便面向她立正站好。

「還好您平安。紫苑寺學園長呢？」

「我好不容易把他綁起來，交給其他人看守了。〈樓閣〉大部分的學生也已經被抓，希爾貝爾的伺服器則被切斷連線，事件才暫時平息……不過，一想到要確認這次的受損狀況就很頭大。」

艾爾露卡說完，望向倒在封印區域深處的喰良。

「──她就是這場騷動的罪魁禍首嗎？」

「是的，她是與神話級滅亡因子〈銜尾蛇〉融合的人類──據說如此。」

「……雖然不知道她追求的是什麼，這麼做還真傻。」

艾爾露卡一臉不悅地跳下狼背，走向喰良。

她輕觸喰良的身體確認對方的狀況──接著眉毛一顫。

「什麼……？」

「……？怎麼了嗎？」

無色問道。艾爾露卡一把抓住喰良的衣服，將她翻成仰躺的姿勢。

接著摸了摸她的脖子，顫抖著說：

「——『她死了』。」

「咦……？」

無色和瑠璃聽見艾爾露卡的話，不由得目瞪口呆。

◇

——〈空隙庭園〉校園之外。一片杳無人跡的荒山野嶺中，有個奇妙的東西正在爬行。

大小頂多二十公分，狀似凝膠，中央有個眼球般的球體。

那個物體爬了一會後，隨意停在路邊——渾身顫抖，將身上的眼球吐出。

不久，眼球表面冒泡般開始出現大小隆起，體積急速增加。

眼球後方長出視神經，形成肌肉、湧出血液、建構骨骼。而後最外面浮現平滑的皮膚，表面還生出頭髮。

終章
叛徒喰良

短短幾分鐘，便誕生一名一絲不掛的少女。

不──說「重生」或許更為恰當。

是的，喰良料到自己可能敗北，將自己的「一部分」託付給〈史萊姆〉的殘骸，讓它悄悄逃到〈庭園〉外。

「──呼～～……」

變回人型的喰良伸長手腳，躺在地上深深嘆氣。

「久遠崎彩禍果然厲害，光靠『頭』和『心臟』還打不贏她。」

她雖然宣告戰敗，語氣卻一點都不悲觀。

這是當然的，畢竟她當初的目的已全數達成。

一是將不死者送入〈庭園〉，趁亂奪取「心臟」。

二是控制〈庭園〉的管理ＡＩ，「查出剩下的二十二個身體部位藏在哪裡」。

此外──

「──話說回來，這次還有個意想不到的收穫……」

喰良得意地笑起來，撐起上半身，環起手指吹了聲口哨。

於是，長了翅膀的手機立即應她的呼喚飛來。

「好──〈庭園〉的人應該都知道我的事了……既然這樣，就大張旗鼓地宣傳出去吧。

可惜我現在全裸……不過只照到肩膀以上應該還好。大放送、大放送。」

喰良操作手機，開始在MagiTube上直播。

「——耶比～～！又到了克拉拉頻道的時間～～

各位克寶，今天也準備好跟我一起暈頭轉向嗎～～？

好，那麼，今天直播的時間有點特別。哎，畢竟像本小姐這種身分的人總會遇到很多突發狀況嘛——」

◇

『再說下去沒完沒了，直接公布「克拉拉的夢想」前三名吧～～！

第三名！頻道訂閱數持～～續上升！

第二名！交到心愛的男朋友！』

「…………」

無色等人以不敢置信的眼神看著MagiTube的直播。

是的，他們剛為喰良的死感到震驚，地面上就傳來喰良正在直播的訊息。

『第一名則是————』

終章

叛徒喰良

全裸的喰良情緒高亢，邊說邊勾起嘴角。

『——蒐集完剩下的身體部位，殺了〈庭園〉魔女，獲得新〈世界〉。』

「…………！」

聽見喰良的宣言，無色和其他人全都微微皺眉。

粉絲們聽見這突如其來的一段話，也紛紛留言表示錯愕。喰良快速瀏覽了一下留言後，用拇指比了個割脖子的動作。

『本小姐名叫〈銜尾蛇〉，是曾經敗給魔女的神話級滅亡因子。

本小姐是真心的，要等我喔，無朽。我才不會那樣就死心呢。

——不過你放心吧，本小姐暫時不打算轉型成爆料型直播主。共享祕密更能顯示出我們的關係有多特別，這樣也不錯。沒有啦，哈哈。

那麼我們下次見～～』

直播就到這裡結束。

大夥兒沉默了一會後，瑠璃氣憤地哼了一聲。

「……開什麼玩笑，她到底在說什麼？」

「應該——是在向我們全面宣戰吧。」

不管怎樣——黑衣接著說道：

「都該立刻派出搜索隊。放任她不管太危險了。」

「是啊——用狼的嗅覺來找人比較快吧？讓我去好了。瑠璃也坐上來。」

艾爾露卡說著再度跨上狼背。瑠璃點了頭，坐到她身後。

「是，我一定會將喰良——」

「不，妳先治好身上的傷再說。妳不知道自己現在的狀況嗎？」

「唔……」

瑠璃被艾爾露卡說得啞口無言。艾爾露卡當作她已同意，點頭說了聲「好」。

「——那我們先走了。黑衣，我會請封印處理小組的人過來，妳可以暫時留在這兒看守屍體嗎？敵人是〈銜尾蛇〉，誰都不曉得會發生什麼事。」

「沒問題——我正好有話要對無色先生說。」

黑衣答應後，艾爾露卡便騎著狼沿原路返回。

「…………」

瑠璃騎在狼背上，抓著艾爾露卡的背，腦內充滿雜亂思緒……喰良是怎麼逃走的？自己在緊要關頭怎會如此沒用？黑衣真的沒受到致命傷嗎？各種想法在她腦中迴盪。

不過最主要占據她腦海的，還是一件事。

沒錯。喰良襲擊無色的那瞬間，瑠璃從成群的骸骨縫隙間瞥見了一幕。

——無色吻了喰良……然後「變身成了彩禍」。

「……艾爾露卡大人。」

「嗯？怎麼了？」

「…………沒事，什麼都沒有。」

這實在太過荒謬。有可能純粹是瑠璃看錯，也有可能是喰良的第四顯現讓瑠璃產生了幻覺。

瑠璃像要甩開心中的疙瘩般搖了搖頭，用力抓緊艾爾露卡。

「——無色先生。」

目送艾爾露卡她們離去後。

封印區域只剩黑衣和無色兩人（還有喰良的屍體就是了），黑衣對無色說：

「我要再次向你道謝。謝謝你察覺到我的意圖，阻止了喰良小姐。」

「……是的。可是、我……」

無色露出悔恨的表情。黑衣微微搖頭。

「喰良小姐逃走不是你的錯……她得知了你的祕密這一點固然令人憂慮——但她目前似乎還未將這件事說出去。只要在她說出去前抓住她就行了。」

「不，呃，對。這點也包含在內，但是……」

「……？」

黑衣疑惑地歪起頭。無色以沉痛的口氣老實說道：

「我……逼不得已和妳以外的女人……接吻了……唔——」

「…………」

無色顫抖著雙手說完，黑衣傻眼地瞇起眼。

「原來你在煩惱這個啊？不用在意。不這麼做的話就無法獲得魔力供給，你的判斷很正確。」

「可是——」

見無色眉頭深鎖，黑衣無奈地聳了聳肩。

「——無色，你不是說要跟我一起拯救世界嗎？難道是騙人的？」

她改用彩禍的口氣這麼說。無色的肩膀微微一震。

「……！我……」

「你選的這條路，若決心不夠堅定就很難走下去。只需一個吻就能打倒強敵，還有什麼好猶豫的？——我反而因為你未在緊要關頭退縮而感到高興。」

「…………」

無色不發一語。黑衣見狀，出言調侃他。

「還是說你跟別人接吻後，對我的心意就會動搖？」

「不可能。」

他立刻回答。黑衣愣了一下，不禁笑了起來。

「這樣的話，還有什麼問題呢——既然是情勢所需，就不要猶豫。只要最後回到我身邊就行了。」

「……是。」

無色懷著決心和覺悟，握起拳頭頷首。

這時他心中浮現一個疑問，回過神來才發現自己已經問出口。

「彩禍小姐……妳一直以來也都是『這麼做』的嗎？」

「嗯？」

黑衣微微歪頭，覺得好玩似的瞇起眼睛。

「——我就當你是要使用『提問權』嘍？」

「啊——」

無色聞言，睜大眼睛。他在先前的訓練中獲得能夠向彩禍提問的權利，但他不知該問什麼才好，因此還沒使用。

無色吞了口水，略帶猶豫地點頭。

接著黑衣就將無色推到牆上。

「咦？那、那個——」

「你還要變身成『彩禍』出面善後吧？我們就在這兒執行存在變換吧。」

黑衣說完，緩緩將臉靠近——

「——接吻的話，你是第一個。」

嘴唇相碰前，黑衣如此呢喃道。

「——」

無色正想開口說話，下一刻，雙唇隨即被黑衣的唇堵住。

後記

耶比～～！又到了公司頻道的時間～～

就這樣，為各位獻上《王者的求婚2 鴇羽惡魔》。不知道大家覺得如何呢，希望你們會喜歡。

這次的封面也很棒。咻～～……角色設計真是驚人。以第二集登場的角色來說或許有點過於華麗，但創作時有所保留不是好事，所以我從之前構思的角色中挑了一個自己喜歡的角色，讓她出現在故事中。

順帶一提，她的名字叫鴇嶋喰良，唸作Tokishima Kurara。哇喔。

我很喜歡在角色名字中加入一些平常不會用的字，像彩禍的「禍」字就是這樣。可能是因為喜歡這種「只有在虛構故事中才能成立」的感覺吧。不過如果連讀音都很特殊，個性就會太強烈，所以讀音我會選平易近人一點的。

發音比較特殊的就屬黑衣了吧。雖然字面上讀作「Kuroe」，但在我的想像中，發音有點像法語的「Chloé」。我自己當然都唸「Chloé」，光靠字面讀者可能無法感受……所以特地寫在這裡。

那麼，本書也是在許多人幫助下才得以出版。

致插畫家つなこ老師，謝謝您每次都畫出如此精美的插畫。喰良是個比一般角色更難駕馭的對象，但您仍能完美呈現，令我敬佩不已。

致草野設計師，這集封面也設計得超帥的。就因為第一集的封面寫了大大的「1」，能夠出第二集令我鬆了口氣。

致責編，每次都受您照顧了。下次一定……下次一定不會讓時程這麼趕……！（如同向魔王進言的四天王般，懷著無比堅定的決心）

致編輯部的各位，以及與業務、出版、配銷通路、銷售相關的人士，還有現在拿著這本書的你，獻上宛如大花束的感謝。

那麼，下次讓我們在《王者的求婚》第三集再見。

二〇二二年三月　橘　公司

約會大作戰 1~22（完）

Kadokawa Fantastic Novels

作者：橘公司　插畫：つなこ

戰爭將再次碰上故事起始的命運之日——
新世代男女青春紀事即將完結！

在精靈本應消失的世界出現一名神祕的精靈〈野獸〉。五河士道賭上性命，嘗試與對自己表現出執著的神祕少女對話。曾經身為精靈的少女們也為了實現士道的決心，毅然決然齊聚戰場。與精靈約會，使她迷戀上自己——這便是過往累積至今的一切。

各 **NT$200~260/HK$55~87**

約會大作戰DATE A LIVE 安可短篇集 1~10 待續

Kadokawa Fantastic Novels

作者：橘公司　插畫：つなこ

約會忙翻天！精靈們迎接幸福結局。
也來訴說重逢後的戰爭吧。

狂三（＋分身）與紗和平穩的學園生活；總裁十香引發前所未有的黃豆粉潮流；美九悲痛的吶喊促使所有精靈突然來一場露營旅行。即將與十香離別，彷彿感到不捨而創造出虛假世界的回憶；還有迎來幸福結局「之後」的未來。

各 **NT$200~260/HK$60~87**

國家圖書館出版品預行編目資料

王者的求婚. 2, 鴇羽惡魔/橘公司作 ; 馮鈺婷譯
. -- 初版. -- 臺北市 : 臺灣角川股份有限公司,
2023.01
面 ; 公分. -- (Kadokawa fantastic novels)
譯自 : 王様のプロポーズ. 2, 鴇羽の悪魔
ISBN 978-626-352-171-1(平裝)

861.57 111018416

Kadokawa
Fantastic
Novels

王者的求婚 2 鴇羽惡魔

（原著名：王様のプロポーズ 2 鴇羽の悪魔）

2023年1月27日 初版第1刷發行

作　者：橘公司
插　畫：つなこ
譯　者：馮鈺婷

發行人：岩崎剛人
總編輯：蔡佩芬
編　輯：孫千棻
美術設計：宋芳茹
印　務：李明修（主任）、張加恩（主任）、張凱棋

發行所：台灣角川股份有限公司
地　址：104台北市中山區松江路223號3樓
電　話：（02）2515-3000
傳　真：（02）2515-0033
網　址：www.kadokawa.com.tw
劃撥帳戶：台灣角川股份有限公司
劃撥帳號：19487412
法律顧問：有澤法律事務所
製　版：巨茂科技印刷有限公司
ISBN：978-626-352-171-1